Zwölf Meilen bis zum Himmel

Hans Naumann

Zwölf Meilen bis zum Himmel

Drei Männer auf der Suche nach dem Leben

Seglerroman

Bibliografische Information der Deutschen Nationalbibliothek:
Die Deutsche Nationalbibliothek verzeichnet diese Publikation in
der Deutschen Nationalbibliografie; detaillierte bibliografische
Daten sind im Internet über http://dnb.dnb.de abrufbar.

2.Auflage

Illustration: **Hans Naumann**

Herstellung und Verlag: BoD – Books on Demand, Norderstedt

ISBN: *978-3-7494-5019-0*

*Ich bin der Albatros,
der am Ende der Welt auf dich wartet.
Ich bin die vergessene Seele der toten Seeleute,
die Kap Hoorn ansteuerten von allen Meeren der Erde.
Aber sie sind nicht gestorben im Toben der Wellen,
denn heute fliegen sie auf meinen Flügeln in die Ewigkeit,
mit dem letzten Aufbrausen der antarktischen Winde.*

Sara Vial, chilenische Dichterin

Inhalt

Prolog

Zwölf Meilen bis zum Himmel, aber nur zwei bis zur Hölle. Eine abenteuerliche Geschichte auf See.

Sie erzählt von drei sich völlig fremden Männern, die das Schicksal und die See zusammen führte, rein zufällig und in grenzwertigen Situationen. Jeder von ihnen hat Brüche im Leben, die er verarbeiten will und muss. Ganz in Ruhe segeln, nur segeln, ihre Träume leben, ihre Seelen heilen, mehr wollen sie nicht. Dass es trotzdem ein verdammtes Abenteuer werden würde, konnten sie nicht ahnen. Draußen auf See haben sie sich gefunden, unter Umständen, die sich keiner wünscht. Da es das Schicksal so wollte, wollten sie es auch. Ein Langtörn sollte es werden, vom schottischen Aberdeen bis zum italienischen Triest. Nicht als Abenteuer gedacht, nur zur Ruhe kommen, die Probleme aus der Ferne betrachten. Nein, auch Kap Hoorn, der Ritterschlag für alle Segle, sollte es nicht sein. Es wäre auch sehr vermessen, im letzten Viertel ihres Lebens auf einer mittelgroßen Serien-Yacht von der Nordsee nach Südamerika und wieder zurück segeln zu wollen. Vor 30 Jahren wären sie sicher begeistert dabei gewesen, heute lieben sie es ruhiger. Mehrere Orkane, die in den Jahren über sie hinweg gebraust sind, bei Jedem anders, reichen ihnen. Und doch liegen auf ihrem Törn überraschende Abenteuer wie Steine am Strand.

Am Ziel wissen sie, es sind immer zwölf Meilen bis zum Himmel aber nur zwei Meilen bis zur Hölle.

Der Plan

Es war so ein Gefühl dass es an der Zeit wäre zu verschwinden. Auslöser war nicht etwa eine midlife crisis, dafür bin ich zu alt. Ich habe die mindestens tausend Enttäuschungen, die das Leben bereit hält, schon hinter mir, bin im bescheidenen Rahmen glücklich. Also warum zum Teufel sollte ich dann weg wollen?

Ein anderes Leben beginnen, klingt banal, ist keine Erklärung. Die meisten Menschen haben ja nur das eine.

Es könnte auch eine Therapie für mein geschundenes Ich sein, für die Ängste und Enttäuschungen, für die Wut und Trauer, eine Analyse meiner zahlreichen Fehler, eine Ruhepause für die ermüdete Seele im Kampf des Lebens und Zeit für eine Bilanz.

Vielleicht kehrt dann die Ruhe und Sicherheit in mein Leben zurück, auch das Glück.

Aber vielleicht ist es auch nur die Sehnsucht, die erlebten schönen Stunden auf See dauerhaft zu genießen!?

Vergesse ich dabei nicht die Momente, in denen ich geflucht und geweint habe? In denen ich mein ganzes Können aufbieten musste, um die wahnsinnig gewordene See zu beeindrucken? Und nicht mehr zu wetten gewagt habe, dass ich durchkomme?

Doch das alles zählt nicht mehr, wenn man mit Macht wieder hinaus will, einen Langtörn plant. Es ist nicht einfach dafür andere Segler zu begeistern, die Guten segeln am lieber allein oder mit wirklich guten Freunden. Aufschneider und Abenteurer braucht man nicht auf See.

Ein Törn, der vielleicht viele Monate dauert, hat auch Zeit für eine gute Vorbereitung, dachte ich mir. Also zuerst mal ein stabiles Schiff suchen, möglichst alt, mindestens so alt wie ich. Dachte, es lässt sich sicher eine gute Beziehung zwischen Gleich- altrigen aufbauen. Aber wo ist dieses Teil zu finden?

Das Schiff sollte robust, sicher, leidlich schnell sein und dabei wenig kosten. Wobei „wenig" relativ ist, Schiffe dieser Kategorie haben einen mittleren sechsstelligen Preis. Aber träumen darf man ja.

Schon zwei turbulente Wochen später verlasse ich die Fähre in Aberdeen, viel größer als erwartet und auch schöner finde ich die Stadt vor. Imposante Gebäude aus silbern glitzerndem Granit prägen das Stadtbild. Mein erster Bummel durch die Quays endet vor dem Douglas Hotel am Ende des Regent Quay. Hier am Hafen bin ich richtig, fühle ich mich wohl, denke ich noch, um bald darauf einzuchecken.

Vom Zimmer aus ist ein ganzes Stück vom Hafen zu sehen. So ein Hafen ist für mich ein Ort um die Augen zu unterhalten ohne sie zu übermüden. Durch das halb geöffnete Fenster dringt gedämpfter Arbeitslärm, überlagert das aufdringliche Quietschen der Kräne. Nur die Schreie der gefräßigen Möwen und das röhrende Typhon eines nicht sichtbaren Hafenschleppers übertönen diese Klangkulisse. Es riecht nach Freiheit.

So stand ich schon in vielen Häfen mit diesem kleinen angenehmen Rausch der Seele, denke nicht, träume auch nicht.

Das Sein verströmt, ich bin die tauchende Möwe, die Gischt, die zwischen zwei Wogen in der Sonne schwebt. Alles, nur nicht ich selbst.

Wie viele solcher Momente hat mir die See schon geschenkt?

Wenn sie sanft ist, denke ich wie der alte Mann bei Hemingway an "la mar".

„Man sagt es auf Spanisch, wenn man die See liebt. Manchmal sagt einer, der sie liebt, böse Dinge über sie, aber er sagt es immer so als ob es sich um eine Frau handele", sagte Hemingway einmal.

Nach ein paar Minuten finde ich wieder zurück in das Jetzt dieses schmucklosen Hotelzimmers, will als nächstes lange duschen, auf dem Bett liegen und versuchen zu ruhen, aber es klappt nicht, bin zu aufgewühlt.

Vor vielen Jahren bin ich mal nachts an dieser Küste vorbei gesegelt, sah nur die zarte Lichtglocke in der Ferne über der Stadt. Geheimnisvoll, wie ein Gruß für die da draußen mit schwerer See kämpfenden.

Erinnerungen.

Ein gesunder Hunger treibt mich bald wieder in die Altstadt, intuitiv zur Kneipenmeile, die Auswahl dem Zufall überlassend. Eine offene Tür, eine schöne Fassade, etwas Musik, das reicht schon. In der Silver Street Nr.13 sticht mir gewaltig „The Globe Inn" ins Auge, eine hübsche Altstadtkneipe mit rockiger Musik.

Obwohl der Raum nicht sehr groß ist, verlieren sich die wenigen Tische fast, bei nur etwa zwei Dutzend Sitzplätze, dafür dominiert die Theke mit einem gewaltigen Tresen. Zehn kantige Männer, sicher Stauer vom nahen Hafen, stehen hier und trinken ihr Bier. Alle Sitzplätze an den Tischen sind voll belegt.

Nein, in einer Ecke ist noch ein Platz am Tisch frei. Dort sitzen, in lebhaftem Gespräch vertieft, zwei Männer und eine Frau, sicher Hafenarbeiter und die Frau vieleicht Verkäuferin oder etwas Ähnliches. Einer der longshoreman, ein lang auf-geschossener mit kantigem Gesicht, schaut herüber, winkt mir ein o.k. zu und zeigt auf den freien Platz.

Also hole ich mir vom Grill einen Fleischspieß mit Gemüse und einen Spieß mit Scampies, setze mich zu ihnen und genieße.

Erst als keine Bedienung kommt erinnere ich mich, dass man hier sein Bier selber holen muss. Fast alle trinken Caledonia Beer, Schottlands Bier Nr.1, also her damit. Doch schon der erste Schluck reicht, es riecht schlecht und der Geschmack ist auch durchschnittlich, ein zweites werde ich mir nicht holen. Das Essen aber schmeckt fantastisch, alles frisch und knackig.

Danach ein zweiter Bierversuch, dieses Mal ein „Red Kid Ale", ein dunkles irisches. Ein altes schottisches Sprichwort sagt zwar, man soll kein Bier trinken, das schwärzer als die eigene Seele ist. Dann ist dieses Stout hier gerade noch erlaubt, tiefschwarz, voll malzig, rund und mit einem tollen Hang zur Bitterkeit. So wie das Leben manchmal schmeckt. Ein Hoch auf das Leben und dieses Bier.

Das fängt ja gut an, zufrieden grunzend lehne ich mich zurück. Einer der Männer, der große kantige, nicht unsympathisch, geht an den Tresen und holt drei Caledonia sowie ein Red Kid für mich. Sehr freundlich denke ich, die kennen mich doch gar nicht.

„You´v not problems" stellt der Große fest und nickt mir zu. Wenn der wüsste, mein ganzes Leben ist ein einziges Problem. Aber im Augenblick wird ein Schiff gesucht und das Geld dafür. Der Große scheint Gedanken lesen zu können.

„Ich bin John und bin dabei, mein Schiff zu verkaufen", sagt er leidenschaftslos. „Schau es dir an. Ist es nicht schön? Und Robert zögert noch".

Robert ist also der andere Typ mit der netten Frau, kombiniere ich. John reicht ein Bild von seiner Yacht herüber, ein mir nicht geläufiger Schiffstyp. Sieht stabil aus, mit dem verlängerten Mittel-Cockpit ziemlich groß.

„Ja, ein solides Schiff", bestätige ich.

Die drei sprechen weiter und können sich offensichtlich nicht einigen. Immer wieder muss ich auf das auf dem Tisch liegende Bild schielen. Sieht aus wie eine „Royal Huisman". So ein Schiff kann ich nie bezahlen, obwohl es vermutlich ziemlich viele Jahre auf den Planken hat. Träum weiter, denke ich noch. Lieber zum Schluss ein Red Kid und natürlich drei Caledonia. Cheers.

Später ein kurzes „Bye" und ein ebenso kurzer Weg zum Hotel. War ein schöner Abend.

Der nächste Vormittag sieht mich schon wieder aktiv durch Aberdeen schlendern. Was beeindruckt mich an der Geschichte Schottlands am meisten? Das war offenbar die Geschichte von Alexander Stuart und der Elgin Cathedral in Aberdeen. Von der zweitgrößten Kathedrale Schottlands steht heute nur noch eine Ruine, die die einstige Pracht noch erahnen lässt. Erbaut im Jahre 1224 nannte man sie ein Leuchtfeuer für die Christen Schottlands. Mit Gewalt vergrößerte Alexander Stuart ständig seinen Machtbereich. Dabei schreckte er auch nicht davor zurück, sich mit dem Bischoff von Moray anzulegen. Dieser verhängte über ihn die Exkommunikation. Darauf erreichte Alexander 1390 mit großer Streitmacht Aberdeen und brannte die Elgin Cathedral nieder. So brutal lief das damals. Ich stehe staunend vor den Ruinen, alles atmet hier Geschichte.

Die Ruine der Elgin Cathedral

Nach einem nachdenklichen Gang durch die alten Mauern ist noch Zeit für die uralten Grabstätten. Die Zeit vergeht wie im Flug. Inzwischen ist es später Nachmittag geworden.

Eigentlich ist teatime schon fast vorüber. Was in Deutschland „Fünf-Uhr-Tee" genannt wird, heißt in Schottland „afternoon tea". Egal wie man es nennt, dort im Pavillon vor dem alten Gemäuer sitzen Schotten beim Tee und ich setzte mich dazu.

Auf dem Tisch steht eine Schale mit goldgelben Scones, eine Art Pfannkuchen, gefüllt mit Käse oder Konfitüre. Einfach lecker.

Hier fühle ich mich wohl, die Probleme der letzten Jahre, alles was mich nachts quält, sind hier vergessen. Der ganze Scheiß bleibt außen vor und dieses „was-geht-mich-die–Welt-an-Gefühl" stellt sich bei mir ein.

Dieser Tee ist göttlich, es fühlt sich an als ob einem ein Engel auf die Zunge pinkelt, denke ich noch. Glückliche Menschen von der Insel. Das Summen der Stimmen dringt kaum noch zu mir, ich bin im Moment in einer anderen Dimension.

Warum habe ich eigentlich die Welt retten wollen? denke ich, in einer Zeit, in der zu viele nur an sich denken. Es war mein Traum, etwas Gutes zu schaffen, aber auch die Sucht nach Anerkennung und das ging gründlich in die Hose.

Seitdem bin ich an Land misstrauisch geworden gegen jede Annäherung. Der Dalei Lama hat einmal gesagt: „Wer einmal von einer Schlange gebissen wurde, der fasst selbst ein Seil nur ganz vorsichtig an." So geht es mir. Später auf See wird die Zeit mir Zeit geben, mein Leben zu analysieren.

Das schrille Lachen einer Frau reißt mich aus dem Gestern. Das ist doch das Pärchen vom letzten Abend.

„Heute wieder auf ein Red Kid?" fragt die nette Frau. Unbewusst und mechanisch antworte ich „Ja, gerne."

Dabei wollte ich doch ein Schiff suchen und der Hafen ist so groß, das dauert.

Auf dem Weg zum Hotel sehe ich am Waterloo Quay das Schiff von Johns Bild gestern Abend. Tatsächlich, es ist eine Royal Huisman 55, nicht mehr ganz neu mit Beulen und Kratzern, genauso wie ich.

Im Weitergehen sagt eine Stimme „Bleib!"

Seit wann sprechen Schiffe? wundere ich mich und

bleibe dann doch stehen und schaue eine Weile hinüber.

Nein, mit fast 17 Meter Länge ist die Yacht viel zu groß und nicht bezahlbar.

Aber ein bisschen traurig bin ich schon und werde mir heute keine Schiffe mehr ansehen, mir würde keines gefallen. Also bleibt am Abend noch der Weg zum „Globe Inn".

Vielleicht kommt John wieder, würde mich freuen und werde ihn fragen, wie ein Stauer zu so einem Schiff kommt, es interessiert mich einfach.

Ja, das Schiff ist verdammt alt, weit über 50 Jahre. Ein Aluminium-Werftbau, soviel sieht man, streng im Verhältnis 1:4 gebaut, sehr flache Aufbauten, kräftiges Rigg. Mit so einem Schiff kannst du alt werden.

Als ich später das „The Globe Inn" betrete, fragt mich John „Why are you smiling?"

Ich bin mir gar nicht bewusst zu lächeln.

„Did you see something nice?" legt John nach.

Oh ja, ich habe etwas Schönes gesehen, murmele ich, aber wenn man auch nur eine ganz winzige Chance sieht, etwas zu erwerben, soll man es nicht vor dem Verkäufer loben.

Die Stimmung ist heute ausgelassen und gelöst. Unweit der Theke jammen Folkmusiker auf gälisch.

John erzählt mir etwas enttäuscht, dass es mit Robert nicht zum Verkauf gekommen ist. Mein Lächeln wird breiter. Schnell stehe ich auf und hole ein Red Kid und ein Caledonian für John vom Tresen. Würde ein Whisky dazu passen? Jetzt schon? The barman bemerkt das Zögern und den Blick zur Whiskyflasche. „From the Northern Highlands?" fragt er. Auf das zustimmende Kopfnicken holt er eine Flasche „Dalmore Single Malt", stellt ein schweres Glas auf die Theke zum Kosten. Auf dem Etikett ist „21 years old" zu lesen und der Name „King Alexander". Sofort denke ich wieder an Alexander Stuart und die Elgin Cathedral. Der Whisky riecht leicht nach Zitrus und Mandeln. Ich rolle mir einen kleinen Schluck unter die Zunge, schmecke aromatische Wildbeeren, Vanille und Karamell. Der Barmann schenkt schon zwei Gläser Dalmore ein, während John die Szene unbewegt beobachtet. Als wir uns zuprosten, geht ein Leuchten über sein Gesicht. Wohlig räkelt sich der gute Tropfen in unseren Kehlen. So spricht es sich doch besser.

John erzählt, dass er gute Freunde in Irland hat und jedes Jahr einhand einen Törn für zwei Wochen nach Dublin gemacht hat, früher als es ihm noch gut ging. Das alte Schiff hat er von seinem Vater. John ist lange zur See gefahren, hat dann seine Frau kennengelernt und fortan im Hafen gearbeitet, um zu Hause zu sein. „Es war die glücklichste Zeit meines Lebens, die tragisch endete", sagt er.

Bei diesen Worten sitzt er still und in sich gekehrt am Tisch.

Ich will ihn nicht stören.

Um uns herum herrscht Trubel, doch keiner nimmt von uns Notiz. Als die Folkmusiker ein irisches Volkslied spielen, werde ich doch aufmerksam. Bisher war es eher Hintergrundmusik, aber genau dieses Lied habe ich vor Jahren in Irland im Pub von Waterford gehört, „Red ist the rose that in yonder garden grows".

Schöne Erinnerung.

Auch John ist wieder zurück in dieser Welt. Er hebt sein Glas und trinkt mir zu. „Segle mit mir nach Dublin", schlägt er vor.

Doch ich habe andere Pläne, ich suche ein Schiff zum Kauf.

„Kauf meins" bietet John an.

„Das wäre wirklich ein Traum, aber dieses Schiff kann ich nicht bezahlen", murmele ich mehr zu mir traurig.

„Schade, dann lass uns trinken" ist Johns Antwort.

Als die Flasche Balmore schon fast leer ist, sind wir beide nicht mehr nüchtern. Der Barmann läutet die Glocke zum „last order", eigentlich auch in Schottland nicht mehr zwingend vorge- schrieben, aber aus Tradition wird es in manchen Pubs noch gemacht. Wir beide wanken, uns gegenseitig stützend, entschlossen in die leicht neblige Nacht. Unterwegs sagt John plötzlich: „Lass uns noch etwas trinken, ich habe noch eine gute Flasche auf meinem Schiff."

Da nichts dagegen spricht, sitzen wir beide bald im Cockpit der Yacht. Dass es schon fast Mitternacht ist, stört uns nicht, die Nächte in den Häfen sind immer faszinierend.

Guter alter Scotch, du Seelentröster, denke ich während John die Flasche öffnet. Wortlos trinken wir und die Hafenluft umhüllt uns wie ein feuchtes Tuch. Vom stehenden Gut tropft es.

Wie schweres Öl schwappt das Hafenwasser lautlos gegen die Bordwand. Das Licht der eisernen Laternen vom Quay spiegelt sich mehrfach im leicht bewegten Wasser. Irgendwoher schwingt Glockenschlag. Doch schon Mitternacht?

Auch wenn John mit Sicherheit zehn Jahre jünger ist als ich, sind wir doch beide Segler, Männer, die mit Schiffen und Yachten umgehen können und ihr Handwerk verstehen. John scheint sich wieder von den Gespenstern seiner Vergangenheit losgerissen zu haben und lacht plötzlich unmotiviert laut.

Ich schrecke hoch und gieße nochmal ein.

„Wenn du nicht mit mir segeln willst, dann segle ich eben mit dir", sagt John mit rauer Stimme. „Ein Schiff haben wir doch" setzt er noch hinzu. Schlagartig bin ich nüchtern, fast.

Weiß er noch, was er da sagt? Wir segeln mit seinem Schiff meine Tour??

Hat er das ernst gemeint?

Eine Bedingung stellt John aber noch: Wir segeln über Dublin.

Da meine ich zu sehen, wie sich der Mast langsam zur Seite neigt, immer weiter. Dann pendelt er wieder zurück. Wie geht das bei Windstille? Ach ja, der Whisky. „Nimm die Koje im Vorschiff" höre ich John noch sagen. Dann hüllen mich die „Northern Highlands" in einen traumlosen Schlaf.

Schritte auf dem Oberdeck wecken mich. Die Umgebung sieht nicht nach Hotelzimmer aus, ich liege zwischen einem Dutzend Segelsäcken und aufgeschossenem Tauwerk.

Mein Kopf ist klar, sehr klar. Aber was ich von dem Gespräch gestern Nacht noch weiß, klingt unglaublich.

John und ich auf Langfahrt, mit diesem herrlichen alten Schiff.

Als John kurz darauf den Niedergang runter kommt, glaube ich mich verhört zu haben. Aber John wiederholt „Good morning Sir, wann geht's los?"

„Bei uns sagen wir einfach Skipper", bitte ich ihn „und lass uns nochmal einen Tag drüber schlafen".

„All right" ist Johns kurze Antwort.

„Wir treffen uns morgen früh hier auf dem Schiff" schlage ich vor und bin schon unterwegs Richtung Hotel.

Eine Männerfreundschaft

eim Frühstück schlägt mein Puls wieder normal, denn das Angebot von John war doch arg ungewöhnlich, mal sehen wie er heute nüchtern darüber denkt.

Zuerst will ich nochmal die Stadt erkunden, Craiglevar Castle reizt mich, denn so schnell komme ich sicher nicht wieder her. Die Turmhügelburg wurde 1457 zum ersten Mal erwähnt, eine Wohnburg ohne besondere Wehrfunktion. Die Bauweise spiegelt eine gelungene Verbindung zwischen französischen und schottischen Baustilen wider. Diese Turmburg will ich mir ansehen.
Ein alter schottischer Park empfängt mich mit herrlicher Stille. Beim Laufen über die Wege rund um die Burg bestaune ich die Türmchen und den L-förmigen Grundriss. Wie mag man hier zwischen 16. und 19. Jahrhundert am nördlichen Ufer des schottischen Flusses Dee gelebt haben? Ich sehe förmlich den Butler durch den großen Saal schlurfen, verstaubt korrekt. Mich fröstelt.
Immer wieder drängt sich der Gedanke an Johns Schiff in meinen Kopf. Auf dem Rückweg zur Stadt bin ich gedanklich schon auf See. Wird alles gut gehen? Werden wir einen dritten Partner finden? Der Nachmittag pendelt sich ein zwischen dem Tropfen der herrlich langsam verrinnenden Zeit und freudig voraus-eilenden Gedanken, wie vor jedem neuen Törn.
Was fehlt noch? Wie viel Proviant brauchen wir? Wie wird das Wetter? Und vieles mehr.

*Kaum graut der Morgen checke ich im Hotel aus, nichts hält
mich mehr. John wird schon warten.
Und tatsächlich, er hat Kaffee aufgebrüht, sitzt im Cockpit der
Yacht und hört den 07.35 UTC-Wetterbericht. Ich bin überrascht
und möchte noch vielmehr über ihn erfahren, aber das hat Zeit.*

*„Ausreichend Wind und keine Warnungen und im Salon stehen
ham and eggs für dich" begrüßt mich John. Das gefällt mir.
Wir frühstücken wortlos.
Draußen steht ein lebendiger ablaufender Strom und erzeugt
versilberte Wellen.
John steht wie selbstverständlich auf, räumt die Back ab und
zeigt mir die vorhandenen Vorräte, ausreichend bis Dublin denke
ich.
Also Leinen los.
Langsam schiebt sich unsere Yacht aus dem Victoria Dock in den
River Dee, der Beginn eines Abenteuers. Mit ablaufendem Strom
bei etwas über 6 m Wassertiefe laufen wir flussabwärts am Pilot
Quay vorbei, dem Lotsenkai. Schon 30 Minuten später blinzelt
uns das grüne Feuer der Nordmole an Backbord zu. Wir sind
endlich auf See.
John bereitet das Segelsetzen vor, während ich gegen den Wind
aufsteuere. Mit dem letzten Schnaufen des Motors hören wir
auch schon die wohlig rauschende See.
Kurs 30° bei westlichen Winden um 5 Bft. Die schottische Küste
mit der Mündung des River Dee ist noch gut zu erkennen. Etwas
nördlich davon die Mündung des River Don. Doch schon bald ist
die Küste nur noch ein taubengrauer Strich am Horizont.
Selbstverständlich bekommen nun der Wind, die See und das
Schiff einen Schuss Rum ab. Es muss Rum sein, nichts anderes.
Die Götter müssen längst Alkoholiker sein, bei all den Seeleuten
die über die Jahrhunderte hinweg mit diesem Ritual um Glück
und guten Wind gebettelt haben. Unser Törn hat begonnen.*

Erst zwei Stunden an Bord und schon ist dieses vertraute Gefühl wieder da, dieses langgezogene Wiegen in kühler, salziger Seeluft. John übergibt mir das Ruder.

Er koppelt inzwischen den vor uns liegenden Kurs während ich mich mit den Bewegungen des Schiffes vertraut mache.
Das mit John ist wahrlich ein Glücksfall, offensichtlich sieht er das umgekehrt genauso, wir haben beide ein Problem mit unserer Vergangenheit, wir lieben beide die See und wir verstehen uns ohne Worte. Soviel Übereinstimmung ist wirklich selten.

Ich steuere jetzt etwas nach Nord auf, so wie es John ansagt. Noch 30 Meilen bis zum östlichen Kap, dann Kurs 330°. Bis zum nördlichsten Punkt von Schottland sind es noch fast zwei Tage. Ob ich John mal frage, was er davon hält, den Kaledonischen Kanal quer durch die Highlands zu segeln?
Fragen kostet ja nichts.
Als John aus dem Niedergang steigt, sieht er mich lange nachdenklich an. „Was hältst du davon, durch den Kaledonischen Kanal zu segeln?" fragt er mich.
„Ja, warum nicht" sage ich nach einer Weile. Er muss ja nicht merken, dass diese Strecke mein geheimer Wunsch ist. Schon oft haben Skipper in den nördlichen Häfen von dieser Passage geschwärmt. Also werden wir in zwei Stunden den Kurs auf Ilverness ändern, dort liegt die Einfahrt in den Caledonian Canal. Der Wasserweg ist ein langer Kanal, der von der Nordsee bei Iverness quer durch Schottland bis nach Oban führt, wo die raue irische See den Atlantik küsst. Bei der Durchfahrt werden 29 Schleusen und 10 bewegliche Brücken passiert, von ausgebildetem Personal bedient. Wegen der Vielzahl an Brücken und Schleusen sollte man auch mindestens zwei Tage für die Durchfahrt einplanen, aber wir haben ja alle Zeit der Welt. Bei fünfzehn Schleusungen am Tag haben wir gut zu tun.

Außerdem gab der Wetterbericht „near gale warning", also stürmische Winde. Natürlich aus West, für uns bedeutet das gegenan zu segeln. Als John das Ruder übernimmt nutze ich die Gelegenheit und mache uns erst mal etwas zum Beißen.

Zwei Büchsen Goulasch und zwei Baguettes, zum Nachtisch dann noch zwei Irisch Coffee. Als John anerkennend nickt, fühle ich mich ein bisschen geadelt.

Später sitzen wir am Kartentisch und schauen uns den Verlauf des Kaledonischen Kanals an.

Der Kanal ist eine Aneinanderreihung von Seen, verbunden durch Kanäle. Etwa ein Drittel der Wasserstraße wurde von Menschen angelegt. Sie hat zwischen Fort William und Inverness eine Länge von 96 km. Fast 36 km davon sind künstliche Kanäle, die die natürlichen Seen Loch Lochy, Loch Oich, den berühmtem Loch Ness und Loch Dochfour verbinden. Der 1822 eröffnete Kanal ist auch nach heutigem Ermessen eine technische Meisterleistung. Er wurde erbaut, damit Handelsschiffe nicht mehr die gefährliche Reise um die Westküste herum antreten müssen.

Leider ging dieser Plan nicht auf, als der Kanal fertiggestellt war, waren viele Segelschiffe (für die der Kanal gedacht war) bereits durch Dampfschiffe ersetzt worden.

Dampfschiffe, die die Westküste viel besser umschiffen konnten als ihre Vorgänger und deshalb brachte der Kanal nie das Geld ein, das sein Bau gekostet hatte.

Heute herrscht auf dem Kanal jedoch ein geschäftiges Treiben mit zahlreichen Schiffen, viele davon private Yachten aus aller Welt, die die legendären Seen auf der Kanalroute erkunden möchten.

Der bekannteste Abschnitt des Caledonian Canal ist der Loch Ness. Wir müssen aber erst mal die Einfahrt von der Nordsee in den Maray Firth finden. Während unser Schiff bei moderaten Winden Richtung Iverness in die Dunkelheit segelt, berechne ich den neuen Kurs. Nach fast 60 Seemeilen gegen Mitternacht wollen wir Beauly Firth erreichen und in einer Bucht ankern.

Das machen wir dann auch.

Nulluhr sieht uns mit einer Flasche Guinness auf der Heckbank. John ist heute gut drauf, seit wir auf See sind hab ich ihn nur zufrieden gesehen. Was mag das Leben ihm angetan haben, dass er an Land traurig und nachdenklich ist.

So ein Riesenkerl, der freiwillig als Stauer im Hafen arbeitet, obwohl er Seemann ist? Um nicht alte Wunden aufzureißen, traue ich mich noch nicht zu fragen, ich hoffe wir werden die Zeit finden, unsere Seelen von den Ängsten zu befreien.

Doch dann fängt er plötzlich von sich aus an zu erzählen:

„Mein Vater war Fischer, meine Mutter verkaufte den Fisch auf dem Markt. Er war manchmal wochenlang auf See, zu meinem großen Ärger nahm er mich nicht mit. Noch zu jung, sagte er. Dabei wollte ich doch einfach nur bei ihm sein und vielleicht einen großen Fisch fangen.

Ich weiß, dass das Leben eines Fischers voller Gefahren ist.

Davon zeugt auch eine Gasse am Hafen, nur von Fischerwitwen und ihren Kindern bewohnt.

Mein Vater wollte, dass ich mal die Seefahrtsschule in Kingston upon Hull am Humber River besuche. Wahrscheinlich wäre er stolz gewesen, wenn der Sohn eines einfachen Fischers, an der berühmten 1787 gegründeten Trinity House School studiert hätte. Aber es kam anders. Ich wollte zur See, die Welt sehen und Geld verdienen. Bei dieser Entscheidung war auch mein beginnendes Interesse für das weibliche Geschlecht nicht unwichtig.

Also ging ich als junger Kerl zur See, schuftete drei Jahre an Deck auf allen Routen, die meine Schiffe fuhren. Ich nahm das Leben leicht, alles flog mir zu. In jedem Hafen eine Braut, das traf auf mich wirklich zu, die Frauen mochten mich mit meinem fröhlichen Wesen, immer einen Scherz auf den Lippen, kam ich gut an. So auch bei meinen Vorgesetzten, den Bootsmännern und Kapitänen. Es war kein Wunder, dass ich eines Tages doch noch mein Patent an der Seefahrtsschule machen wollte. Als ich es erfolgreich abschloss, bekam ich sofort eine Job als 3. Steuermann auf einem großen Frachter.

Wieder ging es um die Welt, fast zehn Jahre.

Dann wurde mein Vater plötzlich schwer krank und starb, während ich in Manila auf Fracht wartete. Zurück in Schottland fand ich die Yacht meines Vaters, von deren Existenz ich gar nichts wusste.

Ich musterte ab und segelte mit der Yacht zwei Jahre lang zu den Shetlands und in die Irische See. Hier in Dublin lernte ich dann Cary kennen und mit einem Schlag vergaß ich all die Frauen in den Häfen der Welt, für Cary wollte ich sesshaft werden. Wir blieben noch ein Jahr in Dublin und wollten dann gemeinsam zurück nach Aberdeen segeln."

Hier bricht John, von Erinnerungen übermannt, plötzlich ab.

Ich hole uns einen Whisky, wir sitzen noch einige Zeit im Cockpit und ich spüre, dass auch ich ziemlich aufgewühlt bin. Irgendetwas musste passiert sein, das Johns Leben verändert hat. Später wird er sicher wieder darüber sprechen können, denn wie sagt man auch unter Seglern: Die Zeit und der Whisky heilen alle Wunden. Doch es bleiben Narben, wie ich aus eigener leidvoller Erfahrung weiß. Vieles habe ich ähnlich erlebt.

Plötzlich erinnere ich mich auch, dass ich 1998 als ich mit der „PASEWALK" ex „Auersberg", ein 6,5 Tdtw RoRo-Schiff, im Hafen von Kingston upon Hull am Humber River lag und mit einem Taxi, das den Namen nicht verdiente, in die Stadt gefahren bin und mir die Navigationsschule von innen angesehen habe. Dabei habe ich erfahren, dass dies die älteste der Welt ist. Heinrich der Seefahrer hatte zwar in Lissabon die escola náutica gegründet, aber erst nach 1787 konnte mit Hilfe der ersten Schiffsuhr der Breitengrad bestimmt und in der Navigationsschule am Humber River gelehrt werden. Dort hat auch John studiert. Seltsam, wie sich manchmal die Wege der Erinnerung kreuzen.

Durch den ablaufenden Strom schwoit unser Schiff vor dem Anker. Das ferne Licht eines Leuchtfeuers verschwimmt im leichten Nebel und die Nässe kriecht geduckt entlang der Decksnähte auf uns zu. Einmal hören wir von fern ein röhrendes Typhon, sicher ein auslaufendes Schiff, es sind ja nur noch wenige Meilen bis zur Clachnaharry Schleuse, die wir heute am frühen Morgen passieren wollen, die erste von insgesamt 29 Schleusen. Aber noch sitzen wir im Dämmerlicht stumm an Deck, auf See wird es ja nie ganz dunkel, am ehesten noch bei dicken Regenwolken. Heute ist die Kuppel über uns klar, nur der Nebel über dem Wasser bleibt und wir haben außer dem Ankerlicht hoch droben am Mast alle Lichter gelöscht.

Da ist noch ein Laut, das leise knarzende Knarren der Großschot, wenn das Schiff sich im Ebbstrom bewegt. Wir könnten eigentlich in der warmen Koje liegen und schlafen, aber das hier draußen ist das wahre Leben, die Gezeit ist ewig, der Wind auch und das Meer, der Ursprung allen Lebens, sowieso. Hier fühle ich mich geborgen, hier möchte ich an meinem Ende auch wieder hin. An Land, in meinem anderen Leben, habe ich äußerst selten einen Menschen getroffen, der sich Mühe gegeben hat zu verstehen, wie ich ticke.

Und nun sitze ich hier nach Mitternacht mit John auf dem Deck und der Nebel tropft mir ins Genick und der Whisky bietet uns das DU an. Als ich dann doch für einen Augenblick einnicke , rufe ich John ein kurzes „Bye" zu und verschwinde in meine Koje.

Die Sonne geht an Steuerbord auf und weckt mich. Nanu, sie ging doch an Steuerbord unter??
Ach ja, der Strom läuft wieder auf, das Schiff hat sich um 180° gedreht. Und der Anker hat gehalten. Als ich die Nase in den Wind stecke, sehe ich John immer noch im Cockpit sitzen.
Im Logbuch stehen zwei Ankerkontrollen, sehr beruhigend, seine Zuverlässigkeit und gute Seemannschaft.
Bevor wir frühstücken, geht der Anker hoch, Kurs Inverness .
John steuert und ich mache Schinken mit Spiegelei auf Toast und einen starken Kaffee, natürlich im Cockpit mit der warmen Sonne auf dem Rücken. Wir motoren jetzt, haben bald die Schleusung hinter uns, querab den Hafen von Inverness und voraus am Ufer sehen wir das malerische Urquhart Castle.
Nicht weit hinter der Eisenbahnbrücke folgt das Muirtown Becken, das erste Loch auf unserer Strecke. Jetzt können wir wieder die Segel setzen und bis zur Schwenkbrücke segeln.
Mit Maschine geht es dann durch die drei Muirtown Schleusen.

Wir haben viel Zeit die grünen Ufer und dunkelgrünen Berge zu betrachten. Nach zwei ruhigen Stunden erreichen wir Loch Dochfour und jetzt belebt sich die Wasserfläche, kleine Segelboote, Motorboote und Ausflugsschiffe begleiten uns. Man spürt förmlich, dass das sagenumwobene Loch Ness nicht mehr weit sein kann.

Gerne gönnen wir uns diese seemännisch nicht so anspruchs-volle Passage, da wir ja viele Monate auf See sein werden. Wenn man Loch Ness ausspricht, denkt man natürlich an das Monster Nessie, die Seeschlange. Loch Ness ist ein *Süßwassersee im schottischen Hochland*. Gemessen an der Wasseroberfläche von 56,4 qkm ist er nach Loch Lomond der zeitgrößte See Schottlands, hat aber aufgrund seiner Tiefe von über 230 m das mit Abstand größte Wasservolumen aller schottischen Seen.

Seit Jahrhunderten wird immer wieder von Sichtungen eines Seeungeheuers berichtet, das Nessie genannt wird. Aufgrund dieser Berichte ist Loch Ness ein beliebtes Ziel für Touristen und der wohl bekannteste aller schottischen Seen. Wir wollen uns für die 20 Meilen (37 km) viel Zeit nehmen.

Der See ist als sehr fischreich bekannt, also versuche ich zu angeln, vielleicht fange ich einen Köderfisch für Nessie. Der Wind ist natürlich hier zwischen den Bergen der schottischen Highlands sehr dürftig, da kann ich am Mast kratzen so viel ich will, es wird nicht mehr, mit müden 3 kn segeln wir nach Südwesten. Traumhaft, mal nicht mit Salz in den Augen gegen an zu knüppeln. John steuert, d.h. er überlässt diese Tätigkeit dem Autopiloten. Ich liege auf dem Vordeck und schaue in den tiefblauen Himmel und genieße den Augenblick.

„12 Meilen", ruft John mir zu.

„Bis zum Himmel?" frage ich ihn.

„Nein. Bis zur Brücke an der A82 und den fünf Fort Augustus Schleusen", antwortet er lachend.

Kann das Leben nicht immer oder wenigstens ab und zu so einfach sein? Noch gute 4 Stunden bei dem Wind. Aber motoren wollen wir auch nicht.

Kurz darauf begleiten mich die Sonne und die gute Luft in einen kurzen Schlaf. Als ich erwache, ist in der Ferne schon die Schwenkbrücke zu sehen, Zeit zum Essen denke ich. Mit etwas Gemüse verfeinere ich eine große Büchse Hühnersuppe, das ergibt eine typisch schottische Suppe, Cock-a-leekie. John ist begeistert. Wieso ich schottisch kochen kann, fragt er mich. Aus der Büchse ist das doch einfach, wenn es nicht gerade Moorhuhn sein soll.

Drei Stunden später haben wir die fünf Augustus Schleusen hinter uns und weiter geht es zum 14 km langen Loch Oich, dem Quellsee des River Oich. Ich denke, hier sollten wir einen Ankerplatz suchen, die Ufer an Steuerbord sehen sehr einladend aus. Als der Anker fällt, klart John schon das Deck auf und ich stehe in der Kombüse und mache uns zwei Kaffee, zu Einstimmung auf Dublin. Wie es aussieht, werden wir auch danach zusammen bleiben, segeln und uns den dritten Mann suchen.

Bei Langtörns ist es besser und auch sicherer, die Wachen durch drei zu teilen. Nur den richtigen Mann zu finden, wird nicht leicht werden.

Die Abendsonne scheint auf das Deck und John ist dabei, eine Kausch am Schothorn der Sturmfock zu reparieren.

„Fast durchgescheuert", brummt er.

Ich schneide mir ein paar Bändsel und betakle sie. Die werden wir auf dem Atlantik und in der irischen See gut brauchen können.

„Dalmor?" fragt mich John.

Wieder so ein langer Satz von ihm. Ich nicke nur und gleich darauf heben wir die Gläser mit seinem Lieblings-Whisky. Sláinte!

Erstaunlich, in den wenigen Tage wissen wir bereits, wie der andere tickt. Erfahrene Segler brauchen sowieso nicht viel zu reden denn jeder weiß, was zu tun ist und das tut einfach gut.

Morgen liegen noch vier Schleusen, der Loch Lochy und der Loch Linnhe vor uns. Nach der letzten Schleuse sind wir schon fast am Altantischen Ozean. Heute nochmal ohne Wachgang schlafen, wie schön.

Also ab in die Kojen.

Wenig später träume ich mich schon in eine Hängematte unter Palmen am südlichen Strand. Mein letzter Gedanke: wir sollten nochmal über unsere Route sprechen.

Segeln ist die beste Medizin

*D*er nächste Vormittag verläuft wie geplant. Gegen Mittag erreicht die Yacht Loch Linnhe. Dieser 50 km lange See ist eine Meeresbucht, an die sich der Firth of Lorn anschließt. Nach etwa 10 Meilen segeln wir in eine Bucht des Linnhe, um uns die Niederungsburg Castle Stalker auf einer felsigen Gezeiteninsel anzusehen. Es ist gerade Highwater, bei Ebbe kann man das Castle oft auch zu Fuß erreichen. Eine Burg, das Meer und im Hintergrund die Insel Mull. Die Castle Stalker liefert eine Kulisse, die Ihresgleichen sucht. Und natürlich hat sie eine blutige Geschichte – was sonst! Dugal Stuart rächte hier 1446 die Ermordung seines Vaters Lord of Lorn und lebte dann auf dieser Burg im Meer.

Castle Stalker im Loch Linnhe

Noch gut 10 Seemeilen bis zum Atlantik.

John sucht schon die passenden Segel raus.

Das verdammt gute Wetter scheint sich zu halten, ungewöhnlich aber willkommen. Am Spätnachmittag erreichen wir die offene See mit den lang und länger werdenden Wellen, so kommen wir gut voran. John hat sich für die große Fock und das gereffte Großsegel entschieden. Wir segeln am Wind. Wenn die Nacht kommt, können wir nach Südost abdrehen. Dann sind es noch etwa 15 Stunden bis Dublin. John übernimmt die erste Wache und ich lege mich aufs Ohr, aufs linke wie immer.

Um Mitternacht wird er mich wieder wecken. Noch im Einschlafen spüre ich angenehm das Wiegen in der hohen Dünung.

Fast im Traum sehe ich John am Ruder stehen, höre das Rauschen der Bugwelle und das Knarren der Schoten auf den Winschen. Da muss ordentlich Druck im Segel sein, fühle ich und mindestens 8 Knoten Geschwindigkeit.

Über das Schiff träume ich mir einen Albatros. Der große Vogel steht still in der Luft. Wer mag das sein, vielleicht einer von meinen Freunden, der seine letzte Reise schon angetreten hat? Heinz, Horst oder Hanne der U-Boot-Mann? Es ist schon wunderbar, dass der Albatros nicht vom Himmel fällt, ohne einen Flügelschlag steht er stundenlang am Himmel. Es ist ein Schwarzbrauenalbatros mit einer Flügelspannweite von fast 2,5 Metern, sehr selten in diesen Breiten.

Plötzlich glaube ich Johns Stimme zu hören mit dem Gesang eines schottischen Seemannsliedes. Kein Arbeits-Shanty, aber ein schönes Lied. Sonst singt er seine Lieder doch im Pidgin Englisch, wundere ich mich noch und merke dann, dass ich gar nicht mehr schlafe.

John singt „The good ship rover".

"I'm the son of the son of a sailor
And I spend all me time on the sea
On a tall clipper ship named the Rover
She's home to me shipmates and me
We've sailed her through all kinds of weather
Through waves that were high as the mast
And she brings us back safely to Ireland
To her home in the port of Belfast"

Das Lied scheint mindestens 10 Strophen zu haben. Fasziniert lausche ich dem melodischen Gesang. Erst jetzt realisiere ich, dass ich fast vier Stunden geschlafen habe. Mit einer Handvoll kaltem Wasser im Gesicht bin ich sofort munter, schaue mir die Seekarte an, während das Kaffeewasser blubbert. Wir sind ganz schön vorangekommen, über 35 Seemeilen seit ich mich hingelegt habe. John freut sich über den Kaffee und übergibt mir die Wache. Als ich ihm dann gute Ruh wünschen will, ist er schon im Niedergang verschwunden, für 4 kurze Stunden, denn dann ist er wieder dran. Die Sicht ist gut, der Wind hat etwas zugenommen und ich suche nun die Kimm nach Lichtern ab. Nichts zu sehen. Der Autopilot hält gut Kurs, sodass ich mal nach dem Albatros sehen kann. Dieser ist verschwunden, war wohl doch nur ein Traum gewesen. Gleichmäßig taucht der scharfe Steven in die anrollende runde See. Die 3 bis 3,5 m Wellenhöhe sind kein Problem für das Schiff, denn die Atlantikwelle ist schön lang. Ich lasse den Autopilot weiter steuern und mache eine Runde an Deck, obwohl das etwas mühsam ist, da es nur angeleint geht. Die Positionslichter brennen, das Hecklicht auch und die Schoten sind alle gut belegt. Der Rettungskragen mit Blitzboje hängt dort, wo er sein soll, also alles in Ordnung.

Nachdem ich mir eine Mug Kaffee geholt habe, trage ich unsere Position in die Seekarte ein.

Plötzlich taucht an Steuerbord etwas vorlicher als querab ein rotes Licht auf, ein Mitläufer. Bei dieser Windrichtung muss der andere ausweichen, hoffentlich weiß er das.

Was mag der hier draußen wollen? Offensichtlich auch nur segeln, vielleicht mit dem gleichen Ziel? Könnte aber auch Londonderry sein, dann hat er's ja nicht mehr weit. Ich werde ihn im Auge behalten.

Noch drei Stunden bis Sonnenaufgang, den will ich nicht verpassen, obwohl ich ihn schon hunderte Male auf See erlebt habe. Es ist immer wieder etwas Besonderes, wenn sich die Sonne über der Kimm zeigt. Nicht immer kann man sie sehen, oft verhindert das der Nebel.

Als der Wind vor einer Stunde etwas nachließ, dachte ich sofort an Nebel. Bis jetzt sind aber nur einzelne Schwaden dicht über dem Wasser zu sehen, danach ist es gleich wieder klar.

Das Schiff „Cary" zieht seine Bahn. Cary? denke ich. War das nicht der Name von Johns Frau? Ja, natürlich, Cary hat er gesagt. Ein irischer Name. Seine Irische Braut.

Da fällt mir ein, dass ich damals in Waterford mit Molly getanzt habe und sie scherzhaft „Meine irische Braut" nannte. Ist das wirklich schon 17 Jahre her?

Da ist es wieder, das rote Positionslicht, vielleicht zwei bis drei Seemeilen entfernt. Nun schaue ich doch mal auf das Radargerät, um genaueres zu wissen. Er segelt parallel zur „Cary", nun zweieinhalb Meilen entfernt etwas achterlich. Dann ist sein Licht wieder verschwunden, minutenlang.

Eigenartig, auf dem Radar ist auch sein Echo verschwunden, ich habe ihn doch deutlich gesehen. Als ich wieder am Ruder sitze, schaue ich unabsichtlich immer wieder in diese Richtung. Nichts. Ob etwas passiert ist?

Es sind zwar über drei Meter Wellenhöhe, aber das dürfte kein Problem sein, da sie kaum brechen.

Da ist das Licht wieder. Ich eile in den Salon zum RADAR. Nanu, der Standort ist ganz anders als ich ihn erwartet habe, segelt er zurück?

Ich beschließe, mir seinen Kurs genauer anzusehen. Leider ist das Echo wieder verschwunden, das ist doch eigentlich bei jetzt knapp zwei Meilen Abstand gar nicht möglich. Was geht da vor? Langsam werde ich immer unruhiger.

Es ist wohl besser, John zu wecken. Die Erfahrung von zwei Seglerleben hilft manchmal, eine Situation besser zu beurteilen.

Das war knapp

*N*ach wenigen Minuten steht John neben mir im Cockpit. Ich erkläre ihm die Situation und zeige auf dem RADAR auf die letzte Position des anderen. Gemeinsam schauen wir mit unseren Nachtgläsern in die angenommene Richtung. Nichts. Das ist schon sehr merkwürdig, findet auch John. Es ist jetzt fast 4 Uhr früh, in anderthalb Stunden geht die Sonne auf, wenn sie aufgeht.

„Vielleicht verdeckt Nebel das Positionslicht?" vermutet John. „Und was könnte diesen ungewöhnlichen verrückten Kurs verursachen?" frage ich ihn.
Wir kommen gemeinsam zu dem Schluss, dass etwas passiert sein könnte, also mache ich eine Anfrage per Funk.

„Ship on Position two miles southerly of Cap Bangor
This is CARY, you have a Problem?"

Auch nach zweimaliger Wiederholung der Frage erhalte ich keine Antwort. „John, ich glaube, wir müssen umkehren und nachsehen, ob etwas passiert ist", schlage ich vor.
„Allright, Skipper" sagt der nur und ist schon dabei, eine Wende vorzubereiten. Als er die Fockschot auf dem neuen Kurs dichtholt, sind wir beide froh, uns so entschieden zu haben.
Auf Amwindkurs jagen wir nach Norden. Nach knapp einer halben Stunde müssten wir uns der gesuchten Position nähern.
Da ist auch das Licht wieder.
Es ist hier wirklich sehr nebelig und es scheint, als zögen immer wieder Schwaden hinter uns her. Das RADAR zeigt nun deutlich ein Echo, ganz in der Nähe. Also wenden und wieder suchen.

Das ist im Nebel nicht ganz einfach, eine Kollision wollen wir ja auch nicht riskieren, aber wenn da draußen jemand in Not ist, dann wollen und müssen wir helfen, das gebietet das Gesetz und die Kameradschaft derer zur See.

War da eben etwas? Ein dunkler schwammiger Schatten im Nebel? Zum Glück graut der Morgen und die Sicht wird etwas besser.
Ja, da treibt eine Yacht mit Schlagseite. Die Fock weht in Fetzen aus. Das sieht gar nicht gut aus uns deshalb setze einen Notruf auf Kanal 16 ab.

"Mayday relay, mayday relay, mayday relay,
all station, all stations,
This is CARY
In position 54-48.2 N   005-15.6 W, sighted drifting ship. We need help."

Noch schnell ins Logbuch eintragen. Dann wenden wir und nähern uns wieder dem Havaristen. John brüllt in den Nebel, aber niemand zeigt sich. Bei dieser Welle ist es riskant, näher heran zu kommen. Wir versuchen es mit einer weißen Leuchtkugel. Noch immer rührt sich nichts. Es scheint niemand an Bord zu sein, ein Scheißgefühl, wenn du dir vorstellst, da treibt einer in der See.

Jetzt meldet sich das Funkgerät.
„CARY, CARY , This is bangor rescue, we are coming"

Naja das beruhigt doch etwas. John glaubt, dass evtl. der Skipper allein war und über Bord gegangen ist, einiges spricht dafür. Also berechnet er den Punkt, als das Licht zum ersten Mal verschwand. Das kann vielleicht eine abrupte Kursänderung gewesen sein oder eine besonders hohe Welle.

Um wie viel hat sich der Abstand seit der ersten Radarpeilung vergrößert? Wir diskutieren während des fortwährenden Halsens. Jetzt, wo es hell ist, können wir das andere Schiff nicht mehr so leicht aus den Augen verlieren, andererseits treibt da vielleicht ein Segler in der irischen See. John gibt nochmal die genaue Position des Havaristen an Bangor-Rescue durch und dann auf gen Norden, je eher wir ihn finden, desto besser. Ich bin selbst viermal über Bord gegangen, nicht immer bei gutem Wetter und kenne das Gefühl im Wasser zu treiben. Allerdings geschah das im Mittelmeer bei guter Sicht und schneller Hilfe. Aber hier in der Irischen See möchte niemand nachts außenbords gehen.

Nach 40 Minuten sind wir an der errechneten Position. Jetzt beginnt die Suche mit scharfem Ausguck, jede Kursänderung wird in die Karte eingetragen. Die Arbeit an Deck kostet Kraft und Nerven. Ob da draußen jemand im Wasser treibt, wissen wir nicht. Wenn es ein Profi ist, hat er einen Kälteschutzanzug und eine aufblasbare Rettungsweste. Vielleicht spinnen wir auch und da ist niemand, verdammte Ungewissheit.

Bangor-Rescue meldet inzwischen, dass sie die Yacht unbemannt und mit Schlagseite angetroffen haben, sie übernehmen jetzt die Leitung der Suchaktion. Also weiter. Das Wetter ist nicht gerade gut, der Himmel hat sich mit Altostratus bezogen, aber der Wind hat den Nebel vertrieben. Ans Essen denken wir nicht, nur ein großer Pott Tee wird gierig getrunken. Dann wieder volle Konzentration. War da was? fragt der Blick von John. Nein, nur Wasser.

Und wieder halsen. Ich stehe am Ruder auf einem Bein bei über 15° Krängung. Mal rechts und mal links, an den Händen habe ich schon Blutblasen von dem Salz in den Handschuhen. Aber ohne geht es auch nicht, das Leder ist einigermaßen weich. John hat ein im Wind peitschendes Tauende ins Gesicht bekommen.

Von der Nase bis zum rechten Ohr zieht sich eine blutende Wunde, doch er scheint keinen Schmerz zu spüren, Adrenalin kreist in seinen Adern.

Wieder so eine gefährliche Halse, wir bekommen von der See eine Ohrfeige, die das Schiff dröhnen und beben lässt dass der Mast sich den Fuß verstaucht. Jedes Mal wenn das Schiff oben auf dem Wellenkamm ist, schauen wir blitzschnell in die Runde. Ich an Steuerbord, John an Backbord.

Dazwischen wieder die Position eintragen und halsen. Immer wieder. Die letzten zwei Stunden kommen uns endlos vor. John hebt plötzlich den Arm und zeigt querab. Da ist etwas hinter dem Wellenkamm, deutet er an und geht sofort an den Wind. Der beißt ins Gesicht und lässt die Augen tränen. Jetzt siehe ich es auch: ein leuchtend roter Punkt in der peitschenden Gisch auf der blaugrauen Wasserfläche im Morgenrot. Wir beide strahlen uns an, alles richtig gemacht, jetzt vorsichtig in Lee rankommen. John nimmt die killende Fock weg und mit offenem Groß nähern wir uns.

Tatsächlich, aus dem roten Knäul hebt sich ein Arm und winkt. John wirft eine Boje und lässt die Leine ausrauschen, während ich wende. Es ist noch zu erkennen, dass sich der Mann in die geschleppte Leine einpickt. Das ist bestimmt ein Profi.

Nachdem wir ihn an Deck geholt haben, wird der unterkühlte Körper vorsichtig in Wärmefolie gehüllt und gesichert auf die Backskiste gelegt, er soll erst mal ruhen.

Sein Atem geht schwer, die Augen sind geschlossen. Wieder auf Kurs verständigt John Bangor-Rescue. Auf See können wir ihn nicht übergeben, also laufen wir die nächsten sieben Stunden bis Dublin gemeinsam mit dem Rettungskreuzer.

Im Funk hören wir noch, dass die havarierte Yacht versenkt werden musste. Sie wäre evtl. ein Hindernis für die Schifffahrt geworden. Als unser Mann sich regt, helfe ich ihm aus dem steifen Ölzeug.

Mit zwei dicken Decken muss er noch eine gute Stunde ruhig sitzen, bis sein Körper sich ausreichend erwärmt hat. Er schaut John eine Weile beim Steuern zu, bis seine Augen wieder zufallen. Der Mann hat lange rote Haare, hinten zusammen gebunden und eine kräftige Statur.

Als er das nächste Mal die Augen aufschlägt, sieht es so aus, als wollte er etwas sagen.

Dann spricht er. „Wo wart ihr solange?"

Wir sind überrascht.

Dann spricht er weiter. „Ich bin Erik aus Bergen in Norwegen. War auf dem Weg nach Dublin, beim Segelwechsel hat mich eine Welle erwischt. Ich sah euer Licht und hoffte, ihr seid Profis und kriegt mit, was mir passiert ist. Schön, euch zu sehen."

Und Danke fürs Rausholen, wollte ich noch ergänzen, aber es ist zu sehen, dass der Mann fertig ist. Und ich weiß, der hätte das Gleiche für uns getan. Schon stark: Einhand aus Bergen über den Atlantik. Muss ein guter Mann sein.

Sieben Stunden sind verloren, aber etwas Unbezahlbares gewonnen, einen von uns gerettet. Ich schaue John an und sehe, dass er zufrieden ist. Die Trauer ist aus seinem Blick gewichen. Leise singt er wieder „The good ship rover".

I'm the son of the son of a sailor
And I spend all me time on the sea...

Und jetzt passiert etwas, was wir nicht erwartet haben, Erik nimmt die Melodie auf und singt mit.

"We've sailed her through all kinds of weather
Through waves that were high as the mast...."

Das berührt uns schon, denn noch vor zwei Stunden trieb Erik im Meer mit wenig Aussicht auf Rettung.
Was ist das für ein Mann, der so viel Lebenswillen hat? Die Stunden nachts im Wasser haben verdammt viel Kraft gekostet, Erik schläft wieder. John bringt ihn runter in eine Koje, dort kann er schlafen, solange er will.
Dann übernimmt er das Ruder und ich öffne zwei Büchsen dicke Erbsensuppe. Als sie warm sind, essen wir sie an Deck während Dublin näher kommt, noch drei Stunden. John legt sich nochmal in die Koje, das Erkennen des Notfalls hatte seinen Schlaf schroff unterbrochen. Jetzt bin ich wieder allein an Deck.
Nach einer langen Weile während ich mich in das Auf-und-Ab der Wellen vertiefe, überschleicht die Einsamkeit unversehens mein Gemüt. Ich habe das Meer in vielen Zuständen gesehen, mal flüsternd und schmeichelnd, mal zärtlich umarmend, mal drohend dunkel und mal wütend kreischend, ohne Gnade alles verschlingend. Heute liegt das Meer vor mir wie eine in drei Steifen vom Wind bewegte Fahne, der fernste ist schwarz und schwer, der mittlere ständig sich erhebende mittelflaschengrün und der nahe ist übereinander schiebender kalkweißer Schaum. Wo der zweite Streifen in den nahen einfällt, sich bricht, entsteht in jeder Welle ein lichtgrüner heller durchscheinender Sturz, durch den man das Innere der Woge sieht, nur eine Sekunde lang, ehe sie niederfällt und im Schaum vergeht. Momente, die nicht käuflich sind.

Dublin Bay. Der Rescue-Kreuzer hat die „Cary" bis hierher begleitet. Wir segeln in den Hafen des Ortes Dun Laoghaire, etwa 5 Meilen südlich von Dublin.

Erik wird schon vom Notarzt erwartet und sofort mitgenommen.

John und ich sitzen an Deck und trinken jeder ein Guinness, das haben wir uns verdient. Erst jetzt wird es uns bewusst, wie knapp es für Erik war, trotz des Überlebensanzuges hätte er es nicht mehr lange geschafft.

Zum Teufel mit diesen klebrig-traurigen Gedanken, heute Abend wollen wir Gesellschaft haben, John kennt sich aus und wird mir Dublin bei Nacht zeigen. Es sind ja mit dem Taxi nur 10 km. Dort gibt es nicht weit vom Liegeplatz einen guten Pub, „Hartley´s Restaurant". Aber John schwört auf sein Lieblingslokal „Lanigans Pub Eden Quay" im Zentrum am River Liffey.

Als wir dann dort sind bin ich doch überrascht, dieser Pub hat Atmosphäre! Eine riesige Zahl von Erinnerungsstücken ziert die Wände. Schon an der Tür werden wir von Maria begrüßt. An den großen alten Fässern die als Tisch dienen, ist noch Platz.

John holt zwei Gläser Irish Stout. Immer wieder kommen Bekannte von John an unseren Fass-Tisch, meistens mit einem Getränk. John scheint hier sehr willkommen zu sein.

„Was essen wir?" frage ich ihn.

„Probier mal Irish Stew oder das Cottage Pie" sagt John.

Ich wähle das erstere und bin von diesem Eintopf begeistert. So hab ich ihn schon mal in Waterford gegessen, mit Lamm-goulasch, Zwiebeln, Karotten, Weißkohl und Kartoffeln, richtig gut gewürzt mit Pfeffer, Lorbeer und Kümmel. Da wird später der Whisky schmecken, aber vorher hole ich noch zwei Guinness der Bar. Die dort sitzenden Männer klopfen mir auf die Schulter und wollen mit mir anstoßen.

„There have done a good job with Erik" sagt einer der Männer.

Also hat sich unsere Aktion schon rumgesprochen. Wieder am Tisch trinken wir auf Erik. Der Whisky ist verdammt gut.

Wir trinken aufs Segeln, auf das Leben, die Freiheit auf See und auf die Freundschaft. Als die Flasche halb leer ist vom fünften Toast, sind wir schon halb voll. Dabei wollte ich doch noch von John wissen, warum es ihn immer wieder nach Dublin zieht.

Der sitzt schon eine Weile nachdenklich am Tisch. Segeln ist die beste Medizin, hat John einmal gesagt und er weiß wovon er redet. Irgendwann wird er auch mal über seine Probleme sprechen, denke ich.

Doch dann beginnt er plötzlich von sich aus.

„Wir beide haben in den letzten Tagen viel zusammen erlebt. Du sollst auch wissen, warum ich die große Fahrt damals freiwillig aufgegeben habe. Als ich nach dem Tod meines Vaters die Yacht bekam, zog es mich ab und zu wieder hinaus. Ich wollte segeln und habe die ungebundene Zeit genossen, nur ich, die Yacht und die See. In diesem Pub hier habe ich dann Cary kennengelernt. Während meiner Fahrenszeit hatte ich ein Dutzend Frauen in allen Häfen der Welt. Plötzlich zählte das nicht mehr. Seitdem arbeitete ich im Hafen und blieb an Land bei Cary, auch sie liebte das Meer. Wir segelten gemeinsam zur Isle of Man oder nach Oban am Kaledonischen Kanal. Sie beherrschte die Yacht genauso wie ich. Während eines Sturmes in der Irischen See ging sie nachts über Bord, sie hatte nicht so viel Glück wie Erik.“

Im letzten Satz klang eine große Traurigkeit mit.

„Seitdem bin ich nicht mehr gesegelt. Deswegen wollte ich auch das Schiff verkaufen. Dann kamst Du.“

Sind das Tränen bei John oder ist die rauchige Kneipenluft schuld? Er gießt nochmal ein, die Musik wird etwas ruhiger und jeder hängt seinen Gedanken nach.

Dann spielt die Band „Red is the rose....“.

Mir schießen viele Gedanken durch den Kopf.

Wenn du mit einem vor wenigen Tagen noch fremden Mann bei Windstärke 7 auf dem Atlantik segelst und dich beruhigt in die Koje legst, während er Wache hat, dann hast du einen wahren Kameraden gefunden, das gibt es an Land kaum.

Wir trinken uns den Abend schön, erinnern uns an manche Episode und denken voraus. Mein Traum letzte Nacht in der Hängematte unter Palmen am Strand? Hier in der irischen See? Wo wollen wir eigentlich hin?

John sagt es wäre ihm egal. „Hauptsache segeln und die quälenden Erinnerungen los werden. Vielleicht Portugal, dann Gibraltar, Nordafrika, Sizilien und in die Adria. Der Atlantik und das westliche Mittelmeer sind tief genug, da können wir unsere Gespenster versenken. Du hast doch sicher auch welche", sagt John. Und ob, denke ich. Aber heute ist es schon spät.

Das Lied ist zu Ende und ich überrede ihn, zum Schiff zu zurück zu fahren. Ein Taxi bringt uns zur Gangway. Heute schlafen wir fest und traumlos.

Geschäftig-ameisiges Treiben im Hafen. Taljen quietschen, die Typons der Schlepper röhren, der neue Tag hat die Zwei-Mann-Crew der „Cary" geweckt. Wir frühstücken im Cockpit, starker schwarzer Kaffee, gebratenen Schinken und noch warmes duftendes Röstbrot.

Wie geht es weiter?

Ein Besuch im Krankenhaus bei Erik steht als nächstes auf dem Plan. Dann die Vorräte ergänzen und den eigentlichen Törn beginnen. John möchte noch Freunde besuchen und ich möchte mir etwas von Dublin ansehen.

Ein Taxi fährt uns zum Krankenhaus, man kennt uns hier schon von dem gestrigen Bericht.

Nein, Erik ist schon wieder entlassen, sagt man, er wollte sich nach einem Schiff erkundigen, welches ihn zurück nach Norwegen bringt.

Schade.

Also gehe ich einkaufen und John macht Besuche. Es ist doch eine ganze Menge, was man so braucht. Der Schiffsversorger ist sehr nett und lässt alles auf das Schiff bringen.

Dann geht's zum irischen Nationalmuseum in der Merrion Street. Wahnsinnig interessant, man brauchte mindestens zwei volle Tage um alles erschöpfend zu sehen. Am Nachmittag zur teatime wollen wir uns wieder auf der Yacht treffen.

„Auf unserer Yacht", sagt John.

Wie das klingt, sie gehört ja John aber für die Zeit der Weltenbummelei ist sie auch mein Zuhause.

Als John dann auftaucht, habe ich schon die dritte Mug Tee getrunken. Trübsinnig sitzen wir beide rum und entschließen sich dann doch wieder in „Lanigans Pub Eden Quay" zum Essen zu gehn. Vielleicht weiß jemand, wo Erik abgeblieben ist. Gute Idee.

Also fahren wir wieder im Taxi nach Dublin. Im Pub kennen uns die meisten Gäste schon.

„Ihr sucht bestimmt Erik. Ja, er war da, hat euch gesucht, wollte nochmal wieder kommen", sagt jemand. Also trinken wir uns in den Abend. Im dem rauchigen Raum scheinen die an der Wand hängenden Erinnerungsstücke der Seeleute mit uns zu sprechen. Man hört förmlich das Gemurmel als Untermalung der rauen Stimmen der Männer vom Hafen. Da hängt kunstvolles Fancywork neben einfachen Buddelschiffen, auch mal ein bemalter Belegnagel aus der Segelschiffszeit, ein mittels Scrimshaw verzierter Walzahn neben einem Haifischgebiss, und einige Albatrosschnäbel als Garderobenhaken.

„Wie geht es dir", fragt John plötzlich.

„Warum, sehe ich krank aus?" frage ich zurück.

„Nein, aber oft in Gedanken und traurig", erklärt er seine Frage.

„Das Leben hat bei mir viele Narben hinterlassen, ich möchte meine Gespenster, die mich nächtens heimsuchen, auch so im Meer versenken können wie du", denke ich laut.

„Ja das Leben", sagt John, „es ist wie mit dem Stout, es schmeckt malzig und lullt dich süß-fruchtig ein, hat aber einen bitteren Abgang. Man muss es mögen. Und es ist tiefschwarz, wie die Seele eines ehrlichen Seemanns. Eines Seemanns, der das Leben liebt und doch ständig in Gefahr ist, der ein Schiff führen und Verantwortung tragen kann", philosophiert John weiter.

So ein Seemann kommt gerade zur Tür herein, schaut sich um, geht zur Bar, holt wie selbstverständlich drei Whisky und kommt an unseren Tisch. Manchmal glaube ich fast, wir könnten uns von dem Getränk ernähren.

„Cheers oder Slàinte, wie ihr wollt und danke." Mehr sagt Erik nicht.

„Du hast kein Schiff mehr" stellt John fest. „wir bringen dich nach Bergen, nächstes Jahr. Segle mit uns."

Bei Erik mit den roten Haaren zuckt kein Muskel im Gesicht.

„Was habt ihr vor?" fragt er. John sagt „Segeln."

Und wir sprechen mit ihm über unseren Plan.

Er ist dabei, unser dritter Mann, das spüren wir.

John   Hans   Erik

Ich erzähle ihm unsere Geschichte. Wir wollen auf See Ballast los werden, Negatives abschütteln und echte Kameradschaft leben, Schicksalsschläge verarbeiten.

„Das passt" sagt Erik nur, und „wo ist meine Koje?"

Jetzt ist die Crew komplett.

Während wir auf diese gute Wendung noch drei von den freundlichen Durstlöschern oder „Medizinschwestern", wie mein Freund Stjepan zu sagen pflegt, auf den Weg durch die Gurgel schicken, holt John eine zerknüllte Skizze mit unserem geplanten Kurs aus der Hosentasche.

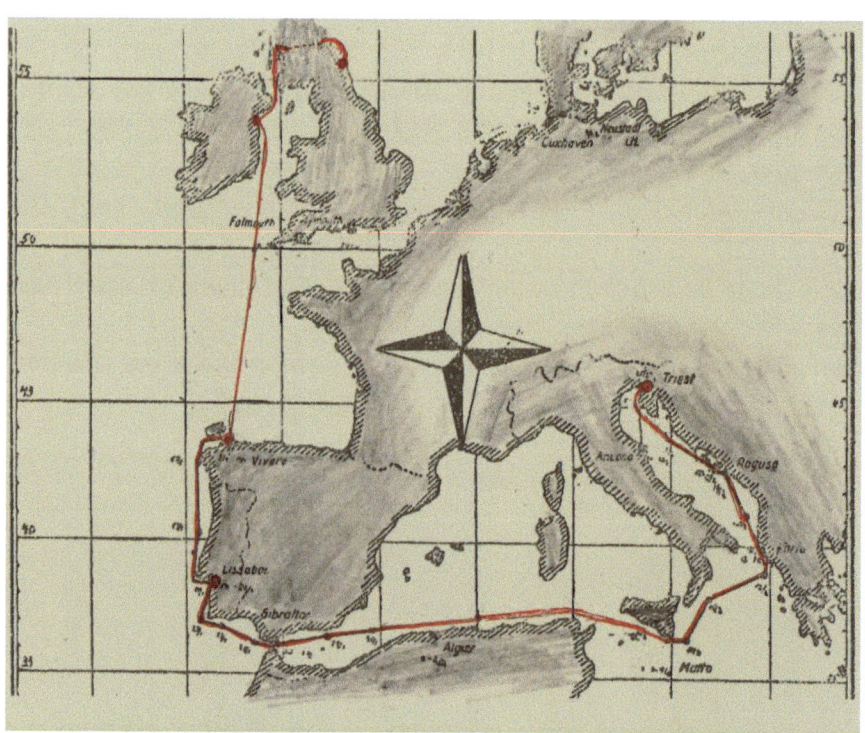

Auf dem Weg in den warmen Süden wollen wir nochmal in Waterford anlegen. Dort war ich vor 17 Jahren mit zwei Freunden und ich freue mich sehr auf ein spätes Wiedersehen.

Dann ein Abstecher auf die Kanalinseln, vielleicht St. Helier auf Jersey. Da war ich mehrfach, hatte auch früher als Navigationslehrer angehende Skipper in der Navigation, Wetter und Gezeiten der Kanalinseln ausgebildet.

Von dort wollen wir evtl. an die portugiesische Westküste nach Palos, den Ort, an dem Kolumbus seine Entdeckungsreise startete. Dann wird man weiter sehen.

Wieder diese gälische Musik, heute live. Pipes sind dabei und die Fiddle. Alle bekannten Lieder singen die Gäste mit. Heute macht der Wirt guten Umsatz. Egal, morgen geht es auf See, wenn das Wetter es zulässt.

„Was wir heute trinken, kann morgen nicht schlecht werden", sagt Erik. Also tun wir unser Bestes, dass möglichst wenig schlecht wird. Auf See gibt es dann Alkohol wieder nur als Medizin. Bei „Last order" sind wir schon auf der Yacht.

Ein Sonnenstrahl stiehlt sich durchs Bulleye und kitzelt mir die Nase. Noch im Halbschlaf registriere ich das echt gute Wetter, frischer Wind aus der richtigen Richtung und Sonne sind der Traum jedes Segler, meistens fehlt aber eins von beiden oder beide.

Eine Handvoll kaltes Wasser ins Gesicht reicht heute, denn es duftet nach Kaffee und Erik steht schon in der Kombüse und bereitet das Frühstück vor, heute mal deftig. John kommt mit einem Beutel mit frischem Brot an Bord, klappt doch alles.

Schweigend frühstücken wir. Jeder hängt seinen Gedanken nach und freut sich auf das bevorstehende Auslaufen. Der Hafenmeister schaut nochmal vorbei und wünscht gute Reise.

Dann bringt der Jockel (Hilfsmaschine) das Schiff aus dem Hafen.

Viel Zeit zum Schauen bleibt nicht. Das Deck muss aufgeklart werden und ausreichend Tauwerk bereit liegen. Die Seekarten haben wir gestern am Tag schon vorgekoppelt. So liegt jetzt der geplante Kurs von 160 Grad an.

Wachwechsel.
John übergibt mir das Ruder. Das Schiff liegt leicht in der Hand, gut getrimmt und etwas luvgierig. Mit über 6 Knoten Geschwindigkeit können wir voll zufrieden sein.

Was wird dieser Tag bringen? Der Wetterdienst hat für den Abend eine Verschlechterung angekündigt, eventuell Regen, also Sauwetter. Auch das gehört zum Segeln, besser als wenn der Wind uns vierkant in die Zähne bläst.
Das Ölzeug liegt bereit, wir kennen alle drei das Spiel. Hauptsache der Wind bleibt. Schweinswale schwimmen neben dem Schiff, diese kleinen schwarzen Gesellen mit dem runden Kopf und dem kleinen „Schnabel" sind wie Brüder, immer wenn ihnen die Einsamkeit bewusst wird, tauchen sie auf und begleiten das Schiff.

Erik ist mit einer Pütz Seewasser auf dem Oberdeck unterwegs und prüft die Dichtheit der Oberlichter, damit bei Sturm der Salon trocken bleibt. Immerzu sucht er sich Arbeit an Deck. Da bin ich ganz anders, ich kann stundenlang die rollenden, stampfenden oder schlingernden Bewegungen des Schiffes verfolgen und alternative Pläne für den Törn im Kopf durchspielen. Erik dagegen achtet darauf, dass Freiwachen, Essenzeiten und Wachablösungen eingehalten werden. So kommen wir gut voran.
Der Himmel hat sich mit Altostratuswolken bezogen und das Barometer fällt etwas, sicher ist eine Warmfront im Anzug.

Am Nachmittag setzt dann leichter Regen ein, die Warmfront naht. Dieses Wetter liebe ich besonders, warm im Ölzeug eingepackt. 15 Stunden bis Waterford, hab ich errechnet, eher weniger.

So könnte das Schiff noch vor Mitternacht fest sein. Das Log zeigt ab Aberdeen 2800 gesegelte Meilen an.

Nun ist es Zeit für die Coffeetime.

John macht wiedermal einen Irish-Coffee, so wie wir ihn lieben.

Drei Gläser erwärmen, starken Kaffee kochen, den Whisky anwärmen und in den Kaffee schütten. Dann Zucker karamellisieren und mit etwas Sahne oben drauf geben. Als John sein Glas in der Hand spürt, vergisst er den Regen und singt uns wieder sein „The good ship rover". Er singt überhaupt sehr viel.

Alles wird gut.

Das GPS zeigt uns die Koordinaten 52-16 Nord und 007-02 West an, nicht mehr weit bis Waterford.

Kurz vor 23 Uhr läuft die „CARY" in den Suir River ein. Noch eine kurze Strecke bis Waterford Harbour. Dann sind wir fest. Als alle Leinen belegt sind, sagt Erik wieder einen von seinen langen Sätzen. „Where is the next pub?" Da kann ich helfen. Vor 17 Jahren war ich hier in „Jordans Bar", einem traditionellen Pub am Parade Quay. Gegen 23.30 Uhr stelle ich erfreut fest, dass es ihn noch gibt.

Drin ist noch reger Betrieb, eine Fiddle gibt den Ton an, die Pipes fallen ab und zu ein, schöne irische Musik.

Damals hab ich hier mit Molly getanzt.

Unvergessen.

 „Die irische Braut", haben wir sie genannt. Dass „Molly" sicher nicht ihr richtiger Name war und ich nichts weiter von ihr weiß, ist nicht wichtig.

Ob „the barman" noch Bushmills Whisky im Angebot hat?

Hat er. Wir trinken auf die Segelei und die Irische Se, drei- bis viermal, damit es auch hilft. Und wie es hilft!

Molly ist leider nicht aufgetaucht. So versuche ich es mit einer anderen rothaarigen Braut, doch "Busmills" hat was dagegen, der Whisky verknotet ständig meine Füße. Also spendiere ich den Musikern ein Guinness und wünsche mir „Red is the rose..".

Bei diesen Klängen wanken wir in Hochstimmung aus dem Lokal, obwohl es erst 03 früh Uhr ist. Wir klettern an Deck und in die Kojen.

Heute gab es kein „Last order".

Am nächsten Morgen.

Es ist erst 11 Uhr, als sich ein ganz gemeiner Kaffeeduft in meine Nase schleicht. Bindfadenregen trommelt auf das sorgfältig geölte Teakdeck und läuft, schlimme Dinge flüsternd, durch die Speigatts ab.

Hafentag? Die Crew stimmt mit dem erhobenen Daumen zu. Hätte ich mir denken können, vor diesem großen Schlag an die portugiesische Küste.

Der Barmann von „Jordans Bar" wird sich freuen. Aber vorher müssen wir noch die ziemlich dezimierten Vorräte etwas auffüllen. Hauptsächlich Guinness, viel Beef in der Büchse, gute Kartoffeln und Zwiebeln. Als das erledigt ist, gehen wir zum Schwimmen in den kalten Suir River, ist bei Regen besonders schön und die Zeit bis zur Coffeetime vergeht schneller. John geht nochmal in die Stadt. Als er zurück kommt, lächelt er spitzbübisch. Führt er etwas im Schilde?

Heute macht Erik den Kaffee, auf norwegische Art. Das ist bei ihm ganz einfach, heißer Kaffee mit Rum, halb und halb. John hilft ihm und wärmt die Gläser an. Während die beiden über Gott und die Welt reden, lege ich mich in meine Koje und penne noch zwei Stunden, denn der Abend wird sicher lang und verdammt heiß werden.

Gegen Abend machen wir uns auf den Weg und sehen schon von weitem vor dem Lokal viele Menschen. Was ist los bei „Jordans"?

John klärt uns auf: heute Abend spielen „The Dubliners" orginal und life. Wouw!

Er hat tatsächlich Plätze im Lokal bekommen und das macht uns happy. Noch haben die Techniker mit dem Aufbau auf der kleinen Bühne zu tun und die Musiker spielen sich schon mal warm. John Sheahan spielt die Fiddle, Chris Kavanagh das Banjo und die drei Gitarren Campell, Cannon und McKenna.

Wir drei konnten an diesem Tag nicht ahnen, dass sich diese Kultband des Irish Folk noch im selben Jahr nach ihrem 50 jährigen Bestehen auflösen würde. An diesem Abend jedenfalls spielen und singen sie mit einer Leidenschaft, die uns ansteckt.

Wir sitzen schon beim Guinness, als sie mit ihrem Opening „Song for Irland" die Gäste von den Sitzen reißen. So etwas habe ich noch nicht erlebt, jeder singt dieses Lied mit. Gänsehaut-Feeling. Doch John scheint noch etwas in petto zu haben, denn er schaut immerzu zur Tür und auf meine Frage sagt er nur „Just wait a moment."

Dann steht sie plötzlich in der Tür, mit strahlenden Augen wie damals, Molly, meine irische Braut. Ich glaube meinen Augen nicht zu trauen, sie hat schon ein paar graue Haare, nicht ganz so viele wie ich, aber es sind ja auch 17 Jahre vergangen seit damals.

Aber ihre Augen!

Als ich sie umarme, sind wir wieder jung. Naja, mittelalt. Während die Dubliners „In the Rare old Times" spielen und wieder alle mitsingen, stehen wir an der Theke.

In der einen Hand ein schwarzes Stout und in der anderen ein Whiskyglas, natürlich Bushmills.

„Dass wir uns nochmal wiedersehen..." sage ich zu ihr.

Das hat John eingefädelt, er kennt den Wirt und der kennt Molly, wie auch immer, es ist schön. Wir finden eine kleine Ecke zum Tanzen und tun das auch ausgiebig.

Das sind Momente für die Ewigkeit, Sekundenglück. Morgen hat uns die Irische See wieder, heute wird gefeiert, getrunken und getanzt.

Da uns vom Singen fast die Stimme versagt, hilft ein weiteres ölig schwarzes Stout, das wir mit einem Whisky auf dem Weg durch die Kehle verdünnen.

Wir trinken und tanzen als wär´s das letzte Mal, ist es ja auch für Molly und mich. Als der Abschied naht, die Dubliners ein zweites Mal „Molly Malone" spielen, liegen wir uns lange wortlos in den Armen.

Erik und John nehmen mich in die Mitte auf dem Weg zum Schiff. Lange Zeit werden wir nur Wasser sehen, denke ich noch, dann hilft mir der Whisky in den Schlaf.

Kurs Galicien

Kein schöner Morgen, der uns da empfängt.
Es regnet nicht mehr, aber ein scharfer Nordwest fegt
über das Wasser als wir die Außenmole des Suir River
von Waterford kommend passieren. Kein Gedanke zurück. Nase
in den Wind, denn vor uns liegt die kalte, nasse Freiheit. Schon
nach zwei Stunden hat uns die Bordroutine wieder, Steuern,
navigieren, Essen kochen, Deck aufräumen, alles geht wie von
allein, wie nach einem geheimen Plan. Segler brauchen nur
wenige Worte und Schwätzer sind nicht beliebt. Aber Erik könnte
schon noch etwas mehr erzählen. Vielleicht später.
Vor uns liegen mehr als tausend Seemeilen über die keltische
See, vorbei an den Scilly-Inseln, über die meist stürmische
Biskaya ans Kap Finisterre, immer nach Süden bis Faro.
Irgendwann wird Erik sich schon mitteilen. Gerade auf See unter
Gleichgesinnten ist das einfacher. Ich hab das gemerkt, als ich
meine Wut in den Wind geschrien habe und John nur „right"
dazu gesagt hat. Ich hatte meine Enttäuschung immer noch
nicht überwunden, nun bin ich aufmerksamer dem Leben
gegenüber. Hab Frieden geschlossen mit einer vergangenen
großen Liebe und durch einen unglaublichen Zufall den
Menschen gefunden, den ich unbewusst mein Leben lang
gesucht habe. Jetzt schenkt mir die See Frieden und echte
Kameraden. Und vielleicht kommt auch John durch das Erleben
von echter Bordkameradschaft über seinen großen Verlust
hinweg. Erik und ich, wir würden uns freuen, ihn mal fröhlich zu
sehen. Ich selbst warte noch bis der Atlantik richtig tief wird,
mindestens 2000 Meter, um den ganzen auf meiner Seele
lastenden Müll los zu werden. Inzwischen sind fast vier Stunden
vergangen, der Wind hat wieder nachgelassen.

Oberflächennebel breitet sich aus. Dieses feucht-klebrige Wetter passt zu meinen Gedanken, macht aber trübsinnig. Auf unserem Kurs ist kaum Schiffsverkehr zu erwarten, trotzdem prüfe ich jede volle Stunde den Raum vor uns mit dem Radar. Kein Echo, keine Schiffe. So hocken wir drei im Cockpit und sprechen über Portugals Küsten, während wir an Backbord die Scilly-Inseln haben, auch bei klarem Wetter zu weit weg um sie zu sehen. Die Scillys, amtlich Isles of Scilly, sind eine Gruppe von mehr als 140 Inseln und über 90 Felsen vor der Südwestspitze Englands. Sie liegen etwa 45 km südwestlich von Land's End im Atlantik, nahe dem westlichen Ende des Ärmelkanals. Von den etwa 55 größeren Inseln sind nur sechs bewohnt.

Wir haben jedoch andere Ziele, mit dem Kurs 195° steuern wir Kap Finisterre in Galicien an. Von Waterford bis zu den Scillys brauchen wir etwa 40 – 50 Stunden, je nach Wind, also mindestens zwei Tage. Jetzt nähern wir uns der Höhe vom Bristol Channel. John summt wieder die bei uns so beliebte irische Ballade „Red is The rose that in yonder garden grows" und wir summen mit. Die Stimmung wird sofort besser. Solange er nicht pfeift und den Rest Wind vertreibt, mag er ruhig singen.

Irland war wieder ein Riesenerlebnis für mich, auch für John den Schotten und Erik den Norweger. Alles war echt.

Was kommt jetzt? Und was kommt nach Palos, unserem nächsten Ziel? Das Mittelmeer oder die afrikanische Küste? Wohl eher ersteres. Dort bin ich schon einige tausend Meilen gesegelt. Wir wollen neue Häfen erleben und alte Freunde treffen, das ist ein lohnendes Ziel.

Die See wird rauer. Ich spüre das Stampfen des Schiffes. Noch ist es nur die Dünung, doch bald wird auch der Wind wieder kommen. Diesmal aus Nordnordost, sagt der Wetterbericht, also fast Halbwindkurs. Erik bindet ein Reff ins Großsegel und ich kontrolliere das große Vorsegel.

John am Ruder nickt zustimmend, schnell noch etwas essen, bevor es ruppig wird. Erik brät das Fleisch aus der Büchse und grillt dazu Kartoffelscheiben. Im Anschluss gibt es gleich Kaffee, falls wir später nicht mehr dazu kommen.

Als der Wind kommt, haben wir ihn erwartet.

Die „Cary" reckt sich und wirft sich in die seitlich anrollenden Seen, wir kommen gut voran. Das Ölzeug hatten wir schon beim Auslaufen angezogen, jetzt legen wir noch Rettungsweste und Lifebelt an. Ich höre Erik grummeln: „Das hätte ich in der irischen See auch tun sollen". Er meint die Lifebelts (Sicherungsgurte), denn dann wäre er nicht über Bord gegangen und hätte beinahe sein Leben verloren.

„Auch, wenn es nicht viel wert ist, dieses Leben", setzt Erik noch hinzu. Das klingt nicht optimistisch, mit dieser Einstellung darf man eigentlich nicht auf See, man wird unvorsichtig. Das war es wohl auch, was ihn in die See warf. „Was war passiert, Erik?"

Er winkt ab.

Und ich denke: Nur wer die See nicht kennt, fürchtet sich nicht. Furcht war immer die Macht, die den Seemann zwang, sich mit den Regeln des großen Spiels gegen die See vertraut zu machen. Es kümmert die See nicht, was Menschen tun, sie rollt von Ewigkeit zu Ewigkeit.

Dann spricht Erik doch noch weiter.

„Ich bin in Narvik geboren, mein Vater arbeitete im Bergbau. Ich ging zur See, arbeitete als Decksmann auf verschiedenen Kümos (Küstenmotorschiffe), war immer auf Trampfahrt, viele Monate und Jahre. Dann hab ich meine Frau auf dem Schiff kennengelernt, sie hat für uns zwölf Mann gekocht. Wir zwei wollten irgendwo an Land ein Häuschen kaufen und sesshaft werden. Das geschah dann in Bergen an der Westküste. Da wurde auch unser Sohn Marc geboren. Wir brauchten schnell viel Geld, also ging ich auf die Ölbohrplattformen. Nach Jahren war das Haus abgezahlt, aber ich war allein.

Wo meine Frau jetzt lebt, weiß ich nicht. Mein Sohn ist seit dem 15. Lebensjahr drogenabhängig. Meine Freunde meiden mich und nun habe ich auch noch mein Schiff verloren. Sonst alles bestens."

Die letzten drei Worte, ist es Ironie oder Resignation?

In diesem Augenblick steigt eine besonders große Welle über die Backbordseite ins sowieso schon nasse Cockpit. Ich muss den Kurs ändern. Der Weg wird weiter, aber wir liegen ruhiger. Segeln ist etwas für Männer, denn das Wissen um das eigene Können, gepaart mit der Demut vor den Gewalten des wütenden Meeres macht den wahren Seemann aus. Ein kurzes Aufheulen des Windes in der Takelage gibt mir Recht, die See kann man nicht lieben, man muss sie respektieren. Aber das Messen der Kräfte mit ihr kann man lieben, man nennt es segeln.

John und Erik gehen in die Kojen, die erste Wache übernehme ich. Aufgrund der dichten Wolken ist es schon ziemlich dunkel. Während der Autopilot meine Arbeit verrichtet, ermittle ich unseren Standort und trage die Daten ins Logbuch ein. Ein fernes rotes Positionslicht peile ich mit dem Handpeilkompass nach guter alter Seemannschaft, möchte sehen, ob wir auf Kollisionskurs liegen. Jetzt sehe ich auch darüber das weiße Licht, ein schnell fahrendes Motorschiff. Bei jeder Peilung ändert sich der Winkel, also keine Gefahr.

Wieder am Ruder sitzend denke ich darüber nach, was Erik erzählt hat. Dagegen geht es mir ja wirklich gut.

Meine Probleme liegen im psychischen Bereich. Ab und zu kommen sie wieder hoch, lassen mich nachts nicht schlafen. Diese Nächte auf See mit der Verantwortung für zwei Menschenleben machen mich wieder stark. Die Melodie dieser Nacht ist ein auf- und abschwellendes Rauschen der anlaufenden Wellen, ab und zu ein scharfes Knattern des Achterlieks, dann wieder ein weiches Floppen und das Knarren des Tauwerks auf den Winschen.

Und manchmal auch ein donnernder Schlag, wenn die „Cary"
am Wind in eine Welle einsetzt.

Ich liebe diese nicht mehr ganz so kalten pissfeuchten Nächte
mit dem Wind im Gesicht. Der Regen ist ganz fein, eher wie ein
feucht-salziges Tuch, wenn er sich mit der Gischt mischt. Jetzt
noch den nächsten Wachwechsel vorbereiten, Kaffee kochen,
Brote schmieren, nochmal die aktuelle Position feststellen und
dann um Mitternacht Erik wecken. Als es soweit ist besprechen
wir den Kurs, während er den noch heißen Kaffee schlürft. Wir
sind in der Keltischen See, dort wo der Englische Kanal in die
Biskaya übergeht wird der Schiffsverkehr wird etwas zunehmen.
Noch dreißig Stunden bis Kap Finsterre, eher mehr, denn dieses
Seegebiet ist für schlechtes Wetter, starke Stürme und extremen
Seegang bekannt. Das liegt daran, dass die Biskaya in der
klassischen Zugbahn der Nordatlantiktiefs liegt. Durch die
vorherrschende Windrichtung Nord-West bläst der Wind in die
Bucht zwischen Frankreich und Spanien hinein und verstärkt
sich. Daran, dass die Wellen sich extrem hoch, teilweise bis 10
Meter aufbauen, ist das „Kontinentalschelf", der Grenzbereich
der europäischen Kontinentalplatte, an dem sich die Wassertiefe
von über 3000 Meter auf 200 erhebt, schuld. Um diesen Bereich
zu meiden, ändern wir den Kurs auf 200° und Erik übernimmt die
Wache. Kurz darauf liege ich in meiner Koje im traumlosen
Schlaf, alle bösen Gedanken sind weit weg.

Nach gefühlten Stunden höre ich es an Deck poltern und kurz
darauf startet der Dieselmotor. Die Uhr zeigt 04.05 UTC. Mit
einem Satz bin ich aus der Koje und an Deck. John und Erik
haben mit dem Schiff zu tun. Als es wieder auf Kurs liegt, sagt
John „Dieser Idiot fährt ohne Licht. Wenn ich seinen Diesel nicht
gehört hätte, lägen wir jetzt im Wasser." Das Motorengeräusch
des fremden Schiffes ohne Licht entfernt sich langsam. Auf John
können wir uns verlassen. So hocken wir drei auf den
taufeuchten Bänken im bärenarschdunklen Cockpit.

Kein Stern zu sehen.

Vier Uhr, lohnt nicht mehr zu schlafen denke ich. Vielleicht gibt es einen schönen Sonnenaufgang, der Wind ist inzwischen etwas eingekrochen und leichter Nebel liegt über dem Wasser. Jetzt liegt Kurs 190° an, der Gezeitenstrom hatte uns etwas versetzt. Nach einer langen Stunde färben sich die Zirruswolken an Steuerbord zart ziegelrot, erstes Anzeichen, dass die Sonne an Backbord schon ihren Glanz herüber schickt. Nach einer halben Stunde lugt sie schüchtern über die Kimm und stemmt sich dann mit einem Ruck in den Tag, gleißendes gelbes Licht auf die Biskaya ergießend. Mit einer Mug heißen Kaffees stehen wir staunend an der Reling, bis die Pflicht wieder ruft. John steuert, Erik macht Frühstück und ich sitze am Funkgerät und schreibe den 08.35 UTC-Wetterbericht mit. Erstaunlich, die Biskaya meint es inzwischen richtig gut mit uns, der Himmel ist jetzt königsblau mit ein paar Wölkchen. Uns soll´s recht sein. Ich habe die See hier auch schon mal tobend erlebt. Damals hab ich mir gewünscht, ich läge zu Hause auf dem Sofa. Heute ist die Welle zwar hoch, aber nicht bösartig. Wir haben inzwischen zwei Mitläufer, einen Tanker der mit vierfacher Geschwindigkeit bald verschwunden sein wird und einen Zweimast-Schoner, der unsere Geschwindigkeit hat und uns noch eine Weile begleiten wird, ich nehme an mit Kurs Gibraltar. So vergeht der Tag recht schnell. Da wir wenig Arbeit mit dem Schiff haben, sitzen wir im Cockpit und erzählen von früher. Erik sagt die Position, Windgeschwindigkeit, Log und Wassertiefe an.

Oh, 2600 Meter Wasser unter uns, denke ich. Tief genug um meine Probleme zu versenken und feucht genug, einen guten Whisky zu trinken. Natürlich nur zu „medizinischen" Zwecken. Dabei denke ich weit zurück.

Gespenster

E rik und John merken, dass ich sehr still geworden bin. Bisher habe ich nur wenig über den Grund meiner Reise gesprochen, es ist ja auch keine normale Reise, eher eine Flucht, um draußen auf See Ballast abzuwerfen. Dass ich dabei zwei Kameraden gefunden habe, die auch mit den Gespenstern von gestern kämpfen, macht es mir leichter zu sprechen.

„Ich wurde 1945 auf der Flucht vor der herannahenden Front im Bombenhagel geboren. Meine Kindheit war schon früh durch eine schwere Krankheit getrübt, ich konnte nicht rumtollen wir die anderen Jungs, musste auf vieles verzichten, immer nur zugucken. Dafür habe ich verbissen gelernt, Klassenbester. Später, als ich nach einer OP wieder Sport treiben durfte, wollte ich alles nachholen: zuerst Mittelstrecke gelaufen, dann Radrennen gefahren, auch mehrere Jahre Handball gespielt, B-Jugend bis zur Männer-Oberliga. Danach ein Jahr Boxausbildung und Kämpfe. Irgendwann schenkte mir mein guter Freund Heinz Brückmann seinen Seesack mit der kompletten Ausrüstung, die er mit 17 Jahren im Krieg bei der Marine bekam. Seine Erzählungen haben mich tief beeindruckt. Ab dieser Zeit hat mich das Meer und die Schiffe die darauf fahren fasziniert.
Mit 18 Jahren konnte ich dann eine seemännische Ausbildung von 6 Monaten für die Handelsschifffahrt auf der Schonerbrigg „W. Pieck" (heute „Greif") absolvieren.

Es war einer der letzten Ausbildungslehrgänge, denn das Schiff wurde später fast nur noch für die Ausbildung des Offiziersnachwuchses der Marine eingesetzt.

Dieser Lehrgang war wohl entscheidend für meinen weiteren Werdegang, ich lernte Disziplin, Seemannschaft und Nautik.

Der Rest ist kurz erzählt: Studium zum Dipl.-Ing. Maschinenbau, Techniker in verantwortlichen Positionen, Betriebsleiter und „Kadernachwuchs", wie es damals hieß. Als ich mich entscheiden musste, meine Kariere in der Wirtschaft auszubauen oder Jugendlichen beim Seesport das Segeln und das maritime Handwerk beizubringen, hab ich mich für das Segeln entschieden und bin sehr froh darüber. Ich habe immer Menschen gesucht, von denen ich hoffte, dass sie auch Visionen haben. Etwas zu hinterlassen am Ende des Weges, bei dem nach Generationen noch jemand fragt: „Wer hat das gemacht?". Etwas Gutes. Leider wurde meine Hoffnung oft enttäuscht.

Für die Idee, die Welt im Kleinen etwas besser zu machen, habe ich Familie und Freunde vernachlässigt und habe sogar meine Existenz aufs Spiel gesetzt. Ich habe mit vollem Einsatz gekämpft und oft verloren.

Als ich die Chance bekam, einen der ältesten Marinevereine zu leiten, habe ich ja gesagt und wieder meine ganze Zeit, mein Wissen und meine Kraft dem Verein gegeben. Der Verein kam in meinem Denken immer zuerst. Und es ging rasant vorwärts mit dem Vereinsleben. Tolle Feste, ehrgeizige Projekte, schöne Reisen. Alles klappte. Warum ging das in die Brüche? Wollte ich zu viel? Wir hatten doch alle Voraussetzungen, etwas Dauerhaftes zu schaffen. Viele haben das nicht verstanden und der Erfolg hat Neid geweckt. Als ich für einige Zeit durch Krankheit handlungsunfähig wurde, haben meine engsten Kameraden mich und unsere Ziele verraten.

Am Anfang war es Wut, später tat´s nur noch weh.

Steh wieder auf, sagte der Stolz in mir. Nun bin ich auf See und habe einen ehrlichen Gegner, die See spielt mir keine falsche Freundschaft vor. Ich habe Zeit zurück zu denken, warum alles so gekommen ist.

Dabei gibt es auch Tage, an denen ich gar nicht so viel saufen kann, dass ich die Verletzungen vergesse. Und dann kommt der Moment, wo ich alles auskotzen muss. Aber ich weiß auch, die Rechnung kommt immer, ohne Rabatt und Skonto.

Jetzt bin ich also hier auf dem Atlantik.

Zwei Jahre habe ich geglaubt, ich komme nicht darüber weg. Schlaflose Nächte und traurige Tage waren das Ergebnis. Erst die See brachte alles wieder ins Lot, brachte mir den Stolz zurück, den die andern nicht haben.

Aber sonst ist alles o.k., wie Erik mal gesagt hat."

John und Erik haben mir aufmerksam zugehört, denn auch sie müssen noch einige ihrer Probleme „versenken". Nach einigen Minuten der Stille stelle ich fest, dass ich schon einige meiner Gespenster im Atlantik über Bord geworfen habe.

Schade, jetzt wäre eine Zigarette ganz gut, denke ich so, aber das Rauchen hab ich mir schon vor über 20 Jahren abgewöhnt. Und einen Whisky auf Wache zu trinken, kommt mir nur in wenigen Situationen in den Sinn, ein starker Kaffee tut´s meistens auch. Erik hatte mir ja schon fürsorglich eine Kanne hingestellt. Ich habe überhaupt eine gute Crew, nicht nur wegen der perfekten Versorgung, ohne große Worte.

John und Erik sind hervorragende Seeleute und wunderbare Menschen. Warum trifft man solche nicht öfter an Land? Ich glaube, dass die Seefahrt und besonders das Seesegeln eine gute Charakterschule ist. Feigheit und List haben gegenüber der See keine Chance. Sie ist emotionslos grausam und an guten Tagen traumhaft schön.

Man muss die See respektieren, wie ein guter Boxer einen überlegenen Gegner respektiert und trotzdem kämpft.

Ich spüre dass ich ruhiger werde, zufriedener.

Nun sind nur noch die Schuldgefühle gegenüber meinen Kindern geblieben. Ich hoffe sie können mir irgendwann verzeihen, dass sie fast ohne mich aufgewachsen sind.

Warum habe ich später den engen Kontakt zu meinem Sohn verloren? Nicht räumlich, wie bei Erik, sondern eher emotional. Obwohl ich ihn über alles liebe, fand ich kaum einen Zugang zu seiner Welt. Ich habe ihn bewundert, ohne ihm das je zu sagen. Ich habe meinen Überzeugungen gelebt, viel zu schnell gelebt, ohne wirklich Zeit für ihn zu haben. Im Alter merkt man das irgendwann, wenn sich die gelebten Jahre aufdröseln wie die Fasern eines alten Tampens, vor allem hier draußen auf See, wenn andere Werte wichtig sind. Gerne denke ich an die Wochen mit dem kleinen Segelboot in den Masuren zurück, da war er vier Jahre alt und wir waren oft auf dem Wasser. Wie gern wäre ich später mit ihm nach Sidney gesegelt, doch auch das hab ich ihm nie gesagt.

Heute ist es wohl zu spät. Mit meiner Erstgeborenen hatte ich aus meiner Sicht im Kindesalter einen etwas engeren Kontakt, bis sie sich mit 18 abnabelte und heute sehen wir uns leider nur noch selten. Von meiner Seite viele verpasste Gelegenheiten. Ein Erlebnis mit ihr wird mir noch leidtun wenn ich mich von dieser Welt verabschiede. Ich hatte einen schlechten Tag und meine kleine Tochter war ausnahmsweise mal „ungezogen". Im Zorn warf ich unbeherrscht einen Gegenstand nach ihr und das verfolgt mich schon mein ganzes Leben.

Schluss mit dem Grübeln, John gibt mir ein Zeichen, den Kurs zu ändern. Ja, das hätte ich in meinem Leben schon lange tun sollen, denke ich so. Als der neue Kurs anliegt, atme ich tief durch.

20.45 UTC. John reicht mir das Fernglas und deutet recht voraus, Cabo Fisterra, der Leuchtturm am Kap Finisterre. In der Römerzeit war es das Ende der bekannten Welt. Der Name Finisterre leitet sich aus dem *lateinischen* „finis terrae" ab , was „Ende der Erde" bedeutet.

Vor uns liegt die Küste Galiciens, 50 Seemeilen bis Vigo.

Von Vigo ist es nicht mehr weit bis zur portugiesischen Grenze, aber noch über 200 Seemeilen bis Faro. Vielleicht ist ein Zwischenstopp drin? Zeit ist doch unsere Währung und davon ist genug vorhanden.

So übernehme ich die nächste Wache. Die Luft ist kühl, aber nicht kalt, mein Ölzeug nicht mehr ganz neu, wohl eher hornalt, doch es hält den Wind ab und die Nachtfeuchte. So sitze ich hinter dem Ruder und lasse die Gedanken schweifen.

Cabo Fisterra

Es wird nun doch kalt, ich hole mir noch einen Kaffee.

Manchmal, so wie heute, ist der Himmel nachts wie ein sattblaues Tuch, besonders bei Neumond.

Alle Lichter, außer den drei Positions-Laternen, sind gelöscht und doch ist es nicht ganz dunkel. Allein unter den Sternen, diese Momente liebe ich besonders. Naja, nicht ganz allein. Die Schnarchgeräusche von Erik aus dem Salon erinnern mich, dass meine Wache bald zu Ende ist.

Nulluhr Wachwechsel, doch als ich Erik wecken will, kommt er mir schon angezogen entgegen.

„Keine Vorkommnisse. Kurs 135° liegt an. Geschwindigkeit 7,5 Knoten", damit übergebe ich das Ruder, fülle die Kaffeekanne wieder auf und mache für Erik ein paar Schnittchen. Wenig später liege ich in meiner Koje. Um 04.00 Uhr ist dann John dran. Als mich Erik um 03.35 Uhr weckt, bin ich ärgerlich. Dann sage ich mir, dass er schon einen Grund haben wird, ziehe mich an und gehe an Deck und sehe einen deutlichen Lichtschein in der Ferne, fast querab an Steuerbord, bei etwa 220°.

„Was meinst du?" fragt Erik

„Das können Suchscheinwerfer sein oder ein Feuer an Bord", vermute ich. Erik nickt.

Also neuer Kur. Sollte es ein Notfall sein, haben wir die seemännische Pflicht zu helfen.

Wenn ein Feuer auf einem Schiff ausbricht hat man nur wenig Zeit, es zu löschen. Meistens sind es Kabelbrände oder Motorbrand, der schon nach etwa 20 Minuten durch den Wind angefacht, nicht mehr gelöscht werden kann. Ich habe auf meinen Reisen viermal einen Brand an Bord erlebt, zwei Kabelbrände, ein explodierter Dieselofen und ein Brand in der Kobüse, die zum Glück alle nach kurzer Zeit gelöscht werden konnten.

Aber ich kann mir vorstellen wie es ist, wenn das nicht gelingt. Dann bleibt nur noch das Schiff zu verlassen und in die Rettungsinsel zu gehen, nicht sehr angenehm auf hoher See.

Wir haben uns inzwischen dem Feuerschein genähert.

Tatsächlich, eine im Vollbrand stehende Yacht, hier draußen abseits der Schifffahrtsrouten, da brauche ich per Funk gar nicht nachzufragen.

Auch mein Mayday-Relay-Ruf bleibt ohne Reaktion. Wir werden versuchen die havarierte Besatzung zu finden. Da der Wind nicht ausreicht, wird der Diesel angeworfen, zweieinhalb Knoten mehr Fahrt erhöhen die Chancen sie rechtzeitig zu finden.

Hoffentlich konnte sich die Crew in Rettungsinsel oder Schlauchboot retten. Der Wind kommt aus Nordost, also müssen wir in Südwest suchen. Wir fahren mit über 8 Knoten in die Driftrichtung. Sie können nicht weit sein, da ja auch die Yacht driftet.

Erik steuert, ich koche Tee auf Vorrat und mache etwas Warmes zu essen. John hätte noch schlafen können, aber auch ihn hält es nicht in der Koje, wenn jemand in Not ist. Es ist ausreichend hell das Meer abzusuchen, nichts zu sehen. John zündet eine weiße Rakete. Nichts. Nach zehn Minuten nochmal. Wieder nichts.

Dann ein schwaches, sich bewegendes Licht. Da winkt jemand mit einem Hand-Scheinwerfer.

Wir haben sie gefunden. Nach gut zwanzig Minuten sind wir neben ihnen. Ein Mann, eine Frau und zwei kleine Kinder kauern in einem Schlauchboot, nass und durchgefroren.

Nach weiteren endlos langen zwanzig Minuten haben wir es geschafft, sie alle an Bord zu holen. Die Geretteten sind total erschöpft, die Retter auch. Keine Fragen, sie wollen nur Hände drücken, trinken, etwas essen, dann schlafen.

Inzwischen ist es hell geworden, Altostratus am Himmel, die mittelhohe Schichtwolke. Aber kein Regen.

Ich sitze auf der Heckbank und denke über das Leben nach, über mein Leben. Es fühlt sich gut an Menschenleben zu retten. Ich erinnere mich, vor über 20 Jahren im kleinen Belt in Dänemark haben wir sechs jungen Menschen das Leben gerettet. Ihrer Yacht war vor dem Wind bei 7 Bft Wind das Ruder durch zu scharfe Kursänderung ausgebrochen und sie standen bei 11 Grad Wassertemperatur auf ihrer untergehenden Yacht. Das möchte ich nie erleben.

Auch diese Leute hier im Schlauchboot auf dem Atlantik wollten etwas erleben, eine Reise machen, wohin auch immer. Sie haben sich sicher darauf gefreut und nicht erwartet, dass etwas passiert.

Nun schlafen sie den Schlaf der Erschöpfung, der Schock über die Ereignisse wird tief sitzen. Es ist ein unglaublicher Zufall, dass wir ihnen helfen konnten und ich hoffe, wenn mir mal etwas Schlimmes passiert, dass dann auch der Zufall oder ein Schutzengel eingreift.

Ist es überhaupt Zufall?

Auch Zufall als ich mit 16 Jahren von meinem guten alten Freund Heinz Brückmann die Ausrüstung seiner Fahrenszeit geschenkt bekam und beschloss, Seemann zu werden? Alles Zufall? Viele Fragen ohne Antwort.

Ich bin zufrieden mit diesem Leben, besonders seit ich segle. Besonders heute, nach dieser Nacht.

Nach Befragung des GPS und stelle ich fest, dass unsere Position nur 15 Seemeilen vor Vigo liegt, wir sollten also in reichlich zwei Stunden den Hafen erreichen. Vigo, die größte Stadt Galiciens mit fast 300.000 Einwohnern, verfügt über einen der leistungs-stärksten natürlichen Häfen Spaniens. Hier ist auch der Standort der größten Fischereiflotte des Landes.

Die Stadt wurde von den Römern gegründet und schloss das Altstadtviertel Berbés mit ein. Die Stadt hatte durch die Pest schwer zu leiden, ebenso unter der Besetzung durch die Mauren und der Plünderung durch die Wikinger.

Ich würde gern außerhalb dieser großen Stadt im Hafenviertel Berbés anlegen. Dort ist es im alten Fischerhafen sicher ursprünglicher, auch ohne Komfort. Eine Stunde vor Mittag sehe ich das Einfahrtfeuer von Berbés und wir finden einen ruhigen Platz an der Stadtseite des Hafens. Um 11.30 UTC sind wir fest, tatsächlich die einzige Segelyacht in diesem Hafen.

Unser Liegeplatz im Fischereihafen

Traditionelle Fischer sind hier selten geworden, größere Fangschiffe haben bei der Versorgung der Bevölkerung mit Meeresprodukten für den menschlichen Verzehr die weltweit größere Bedeutung. Den Fisch wollen wir unbedingt testen.
Aber zuerst trinken wir unser aus Irland mitgebrachtes Guinness. Dann wecken wir die vier Schiffsbrüchigen.

Sie haben erst jetzt begriffen, was da draußen passiert ist. Ein Kabelbrand im Maschinenraum ihrer Yacht hat das Feuer ausgelöst. Als sie erkannt haben, dass da nichts mehr zu retten ist, sind sie rechtzeitig ins Schlauchboot umgestiegen und nach acht Stunden haben wir sie aufgenommen. Voller Dankbarkeit umarmen sie uns, wir tauschen die Adressen aus und begleiten sie zum Hafenmeister, um den Sachverhalt zu dokumentieren. Untergangsstelle, Zeitpunkt usw.
Sie kommen aus Harlingen, einem gemütlichen Städtchen in Friesland nahe dem Ijsselmeer.

Schon im englischen Kanal hatten sie Schwierigkeiten mit dem Motor, konnten ihn aber in Plymouth reparieren lassen und hatten dann schöne Tage entlang der französischen Westküste. In der Biskaya überraschte sie allerdings ein Sturm und sie mussten den Motor benutzen um Kurs zu halten. Als der Sturm abflaute und sie glaubten es geschafft zu haben, bemerkten sie den Brandgeruch. Dann ging alles sehr schnell, der Wind fachte das Feuer an, das Schlauchboot war alternativlos. So trieben sie dann durch die Nacht bis wir den Feuerschein sahen und unseren Kurs änderten. An das Erlebte werden sie ihr Leben lang denken, Daan und seine Frau Nora mit der kleinen Olivia und Bruder Lucas. Wir verabschieden uns von den Holländern mit einer herzlichen Umarmung, sie werden sicher noch lange in unseren Gedanken sein.

Dann bummeln wir durch Berbés, durch den alten Teil des ehemaligen Fischerdorfes, der heute ein moderner Fischereihafen ist. Eine einfache Gaststätte am Hafen wäre uns jetzt recht. Tatsächlich finden wir dann etwas entfernt in einer Seitengasse, der Rúa de San Francisco, die „Tapería Larpeiros do Berbés", eine urige Gaststätte, die hauptsächlich von Galiciern besucht wird. Schwer zu finden in den Gassen. Wir hocken uns auf die Schemel und essen einfache Kost, sehr schmackhaft und ausgesprochen preiswert. Heute würden wir gerne noch die alte Festung Il Castro besuchen und zur Erkundung der steilen, gepflasterten Straßen starten, die sich in die Altstadt von Vigo hochschlängeln und voller Läden, Bars und Restaurants sind. Frühmorgens wärmen sich hier die Fischer an der Uferpromenade mit einem starken Kaffee vom Kiosk und genießen die Sonne. Währenddessen im Hafen und in der lebhaften Markthalle in der Nähe, dem Marcado da Pedra, unmittelbar darunter an der Straße mit dem treffenden Namen Rúa da Pescadería Frauen Teller mit frischen Austern auf Granittischen ausstellen, um Laufkundschaft anzuziehen.

O Berbés , Rúa de Pescadería

Von dieser Uferpromenade steigen wir also über diese zumeist ausgetretene arschglatte Steinstufen vorsichtig auf den Gipfel des Castro-Hügels. Seinen Namen, der an ein römisches Militärlager erinnert, verdankt der Ort der kreisförmigen antiken Ruinenanlage, die auf einer Seite noch zu erkennen ist und einer alten Burg aus dem 17. Jahrhundert. Der weite Blick vom Gipfel des Hügels ist unbeschreiblich schön.

Es gäbe noch so viel zu sehen, aber nach den Aufregungen der letzten Tage wollen wir uns doch lieber einen ruhigen Winkel suchen, um heute Abend dem Wein Galiciens die Ehre zu erweisen.

Eine nur 1 ½ stündige Busfahrt hätte uns auch zur historischen Stadt Santiago de Compostela, einem der bedeutendsten religiösen Zentren Spaniens, gebracht, aber wir entscheiden uns für den Wein. Während Erik ein angemessenes Lokal sucht, bin ich mit John unterwegs nach Pontevedra, zu Deutsch „alte Brücke". Ihre Namensgebung verdankt die Stadt einer römischen Brücke, die den Fluss Lérez überspannt.

Unser Weg führt vorbei an den wichtigsten Sehens-
würdigkeiten, wir erleben die reiche Geschichte der Stadt und
können ihre einmalige Atmosphäre genießen.
Da kommt auch schon der Anruf von Erik. Er hat ein kleines
Lokal im Ort entdeckt, das „El Capitán". Schon am Telefon
schwärmt er vom Angebot an Meeresfrüchten. Ja wenn nicht in
einem Fischerdorf, wo dann? Wir machen uns auf den Weg.
Als wir davor stehen, geben wir ihm recht, wirklich ein kleines
Lokal, aber die Speisekarte kann sich sehen lassen, es gibt nichts,
was es nicht gibt. Wir sitzen direkt an der warmen Hauswand
vor dem Lokal in der Abendsonne. Ich bestelle mir gegrillte
Jacobsmuscheln als Vorspeise, danach gefüllten Tintenfisch mit
potatos und eine Flasche 2002er Rotwein „Ramos Bilbao".
Hier ist es gemütlich. Eine bunte Mischung von braunge-
brannten Einheimischen und deutlich helleren Touristen, auch
einige Segler. Erik hat sich bei seiner Suche nach einem
passenden Lokal gewundert, dass ein großer Teil der
Restaurants um 16 Uhr schließt. Aber er hat ja ein gutes
gefunden, wenn auch ohne Musik und Tanz. Gut essen ist auch
o.k. Wir wollen ja morgen Mittag weiter.

Wohin eigentlich genau?
Nach einigen sehr unterschiedlichen Vorschlägen einigen wir uns
auf einen Hafen, an dem man unmöglich vorbeisegeln kann,
Palos de la Frontera. Palos ist eine Stadt der Provinz Huelva der
Region Andalusien in Spanien. Sie liegt nahe der Mündung
des Rio Odiel, wo dieser sich mit dem Río Tinto vereint. Palos de
la Frontera bezeichnet sich selbst als „Wiege der Entdeckung
Amerikas".
Aah, jetzt klingelts.
Von hier aus stach Kolumbus mit den beiden Karavellen Nina
und Pinta und der Karake Santa Maria am 3. August 1492 in
See, als er den Seeweg nach Indien entdecken wollte.

Diese Stadt werden wir auf unserem Weg ins Mittelmeer kennenlernen. Auch für Erik ist dieser Ort interessant, da seine Landsleute, die Nordmänner, hier Spuren hinterlassen haben. Wir sprechen noch ein wenig darüber beim Wein und machen uns dann auf den Weg zur Yacht.

Palos de la Frontera ruft

*D*ie Nacht ist kurz, blubbernd tuckernde Dieselmotoren wecken mich, die portugiesischen Fischer fahren im Dunkel aufs Meer. Wir drei frühstücken beim ersten Tageslicht und prüfen dann unsere Vorräte. John geht einkaufen, Erik füllt den Wassertank auf und ich studiere die Seekarte und die Wettervorhersage. Nach zwei Tagen in Vigo zieht es uns wieder auf See. Mehrere Tiefdruckgebiete liegen westlich der Azoren. Die müssen wir beobachten und aufpassen, dass uns das Barometer keinen gemeinen Streich spielt. Als John mit den Einkäufen an Bord ist, legen wir ab und bei ablandig kühlem aber stetigem Ostwind finden wir unter Segeln unseren Rhythmus wieder. Der Weg nach Palos ist noch weit, doch wir haben es nicht bereut, Vigo und hier besonders Berbés zu besuchen.
Auch die Bilder von der Rettung der Schiffsbrüchigen sind noch immer in unseren Köpfen.

Mittagessen an Bord. John tut geheimnisvoll als er aus der Kombüse auftaucht und wir sind wir überrascht, drei Schüsseln mit schwarzer bretonischer Tagliatelle, darauf jeweils ein gekochter großer Hummer mit Trüffelscheiben garniert stehen auf der Back. Sieh an, der John kann auch kochen. Still genießen wir die Köstlichkeit ohne zu vergessen, ihn ab und zu zu loben.

Die ersten 20 sm der insgesamt 550 sm nach Palos liegen hinter uns, fast eine Woche werden wir auf See sein.
Das Barometer blinzelt mir freundlich zu, keine Gefahr. Auch der Wetterbericht hat keine Warnung für uns und so vertreiben wir uns die Zeit mit leichten Reparaturen an der Sturmbeseglung. Dann ist auch schon Coffetime.

Die Luft ist klar und salzig, in der Ferne grüßt die portugiesische Küste und schickt uns einen erfrischend leichten Geruch nach Wacholder. Ein Spritzer Salzwasser verirrt sich gerade in meinen Kaffe, nicht das erste Mal.

„Hoffentlich gibt es in Palos nette Frauen" sagt John so vor sich hin. Nanu, geht es ihm besser?

„Ja, mal wieder eine Nacht durchtanzen" meldet sich jetzt auch Erik, das erste Mal, seit er bei uns ist. Und ich denke an Molly, die ich nie wiedersehen werde. Was hat Albert damals zum Abschied zu mir gesagt: „Sei nicht traurig, in jedem Hafen gibt es eine irische Braut".

„Kommt, lasst uns arbeiten, der Wind frischt auf" sage ich laut, denn auch ich fühle, dass mir meine Ola hier draußen sehr fehlt. Instinktiv suche ich mit der Hand den Adler auf meiner Brust, ein kleiner Talisman, von dem ich hoffe, dass er mir immer hilft. Wenn man fest dran glaubt, tut er das auch.

Erik schicken wir schon mal in die Koje, er hat heute die ersten Nachtstunden Wache. Wir andern beiden nähen noch etwas an den Sturmsegeln. John summt vor sich hin, er hat sicher gute Gedanken. „Aber sie muss Joaquina heißen" sagt er plötzlich laut. Ich lächle in mich hinein, jetzt weiß ich, was ihn beschäftigt. Er hat sein Trauma überwunden und sucht eine neue Zukunft und ich freue mich für ihn, dann hätten wir beide ja unser Ziel erreicht. Ich kann wieder ohne Alpträume schlafen und John sucht ein neues Glück, er hat den Tod von Cary bewältigt. Auch Erik wird einen neuen Weg finden.

Auf ein Neues. Als wir Erik wecken, ist es 21.30 Uhr. Der Kaffee steht frisch gebrüht in der Kanne und Schnittchen für die Nacht stehen auch bereit. Ich gebe ihm die aktuelle Position, 25 Seemeilen vor Porto an der Mündung des Duoro. Mäßiger Schiffsverkehr in Nord-Süd-Richtung weitab unseres Kurses. Das Barometer ist leicht gefallen, noch kein Grund zur Besorgnis.

Also gute Wache. Ich trolle mich in die Koje.

05.30 Uhr, kurz vor dem zweiten Wachwechsel.
Als ich aufstehe haut es mich gleich an die Wand. Krängung über 15 Grad. Ich ziehe mich an, Pullover und Ölzeug drüber und natürlich die Seestiefel. Dann stehe ich an Deck. John hebt den Daumen, alles i.O. Das Azoren-Tief ist da. Bei Windstärken um 7 Bft steckt die „Cary" öfter ihre Nase in die bis 6 m hohen Atlantik-Wellen.

„Fällt das Barometer noch?" frage ich John. „Ja, aber langsam" antwortet er.
„Könnte es eine verdammt gefährliche Troglage geben (das Barometer fällt nach Durchzug der Kaltfront weiter und der Wind nimmt stark zu)? Was meinst du?" frage ich John.
„Man kann es, glaube ich, nicht ausschließen" überlegt er laut.
„Dann sollten wir den Rio Avairo anlaufen" schlage ich ihm vor.
Wenn ich geahnt hätte, was uns dort passiert, hätte ich die stürmische See gewählt und wäre weiter gesegelt, obwohl wir jetzt schon saumäßig durchgeschüttelt werden.
In der letzten Stunde waren zwei übergroße Wellen dabei, das ist bei stürmischem achterlichen Wind nicht ungefährlich.
Vorsichtig seile ich mich im Niedergang ab, um Radar und Seekarte zu prüfen.
Laut GPS stehen wir 8 Seemeilen vor Aveiro, einem geschützten Naturhafen. Obwohl es inzwischen hell geworden ist, sehe ich noch keine Küste. Auf dem Radarschirm ist sie aber gut zu erkennen, also Kurs Praia da Barro, die Einfahrt in das Flussdelta des Rio Avairo.
Mit dem Fernglas kann ich kurz darauf direkt an der Hafeneinfahrt über einem ausgedehnten Sandstrand auch schon den Leuchtturm Farrol da Barra erkennen. Er steht. Dieser imposante Leuchtturm wurde vor über einem Jahrhundert erbaut und ist mit seinen 62 Metern der höchste in Portugal.

Eine arbeitsreiche Stunde später sind wir im Hafen fest und der erste Weg führt uns zum Strand.

Auf dem breiten weißen Sand, der rhythmisch vom schäumenden Wasser überrollt wird, atmen wir die salzige mit kräftigem Wacholderduft gemischte Seeluft, es ist schön hier.

Wir liegen alle drei im warmen Sand, während der Wind über uns hinweg braust. Hier in Avairo könnten wir zwar einige Hafentage verbringen, aber noch mehr lockt uns Palos.

Und schon drehen sich unsere Gespräche um Christoph Kolumbus. Was hat ihn so sicher gemacht dass weit im Westen unentdecktes Land ist? Wir haben auf der Yacht GPS, Seefunk, Satellitentelefon und Echolot. Und er? Nur Kompass und den Jakobsstab zur Messung des Höhenwinkels.

Wenig später, während wir noch über Kolumbus und Palos reden, hören wir einen immer wieder dröhnend aufheulenden Motor außerhalb unseres Sichtbereiches. Da versucht einer mit Maschine gegenan zu fahren, bestimmt ein Laie. Denn so jagt man keinen Dieselmotor. Dann sehen wir das Schiff. Es sieht fast so aus wie unseres. Auch eine Royal Huisman. . Als wir im Hafen ankommen, sehen wir unseren leeren Liegeplatz.

Verdammt, es ist unseres!

So schnell bin ich noch nie durch den Sand gelaufen, immer einen Blick hinaus auf die See.

Unterwegs treffen wir den Skipper unseres NachbarbootesDer Mann begreift sofort, was passiert ist, mit Gesten fordert er uns auf, seine Yacht zur Verfolgung zu nehmen und legt sofort mit John und mir ab.

Erik bleibt an Land und verständigt die Polizei.

Als wir die Praia da Barro passieren, setzen wir sofort Segel, bei diesem Wetter sind wir unter Segeln schneller als der oder die Diebe unter Maschine. Wahrscheinlich sind es keine Profis und fühlen sich auch nicht verfolgt.

Nach fast einer Stunde sind wir auf gleicher Höhe, aber nicht auf gleichem Kurs. John sagt, das ist gut so, falls sie bewaffnet sind.

Was jetzt kommt, sieht nicht so gut aus.

Zuerst wird unsere geklaute Yacht langsamer. Wir erkennen, dass sie Segel setzen wollen, dann wird es schwer, sie zu stellen. Per Handy ruft uns Erik und bittet um die Position. Die portugiesische Polizei startet gerade.

Was ich kurz danach sehe, ist eine Yacht mit höllischer Schlagseite und zerfetztem wild schlagendem Segel. Also doch keine Profis. „Lass uns hinsegeln und unsere Hilfe anbieten. Vielleicht schöpfen sie keinen Verdacht" schlage ich vor. So machen wir es dann auch. Als wir auf gleicher Höhe in Rufweite sind, ruft John hinüber „Do you need help?"

Keine Antwort und keiner zu sehen.

Erst nach dem dritten Anruf zeigt sich eine Gestalt, vorsichtig aus dem Niedergang lugend. Nach einem Rundumblick kommt der Mann an die Reling. „Wir brauchen keine Hilfe. Macht euch weg" ruft er in schlechtem Englisch. Also hat er wirklich keinen Verdacht geschöpft.

„Wir schleppen euer Schiff in den Hafen" biete ich an.

Keine Antwort. Da fällt mir plötzlich ein Satz von dem Weltumsegler Wilfried Erdmann ein.

„Wenn man schon einen Wolf an den Ohren gepackt hat, ist es gefährlich ihn festzuhalten, aber noch gefährlicher ist es, loszulassen." Recht hat er.

Also bleiben wir dran.

„Gale tomorrow" ruft John hinüber. Das scheint ihn überzeugt zu haben, Sturm mag er offensichtlich nicht. Während ich die Schleppleine übergebe, sehe ich im Bullauge des Salons ein Gesicht. Also mindestens zwei Personen. Langsam schleppen wir die Yacht mit hoher achterlicher Welle Richtung Hafeneinfahrt.

Hoffentlich kommt nicht gerade jetzt nicht die Polizei. Per Funk kann ich nicht anfragen, da die anderen evtl. mithören. Also weiter. Der Schwell in der Einfahrt ist kein Problem.

Nur die Yacht am Haken schert immer mal wieder seitlich aus. Wir lösen die Schleppleine erst kurz vor der Pier und motoren grüßend davon. Dabei sehen wir noch, wie kurz danach an der Kaikante die Handschellen klicken. Wenig später sind wir bei der esquadra da policia, der Hafenpolizei. Wir erfahren, dass die Gauner schon einige Zeit gesucht werden, sie wollten sich mit der Yacht absetzen.

Die Polizei vermittelt uns einen ortsansässigen Segelmacher, der unsere Genoafock repariert, sowie eine Werkstatt, die den Motor überprüft und diverse Kleinreparaturen ausführen kann. Beinahe hätten wir unsere Yacht verloren. So ein Erlebnis aus heiterem Himmel ist schon heftig. Solange das Schiff repariert wird checken wir im Hotel „Farol" ein, direkt neben dem Leuchtturm.

Der Blick auf den Atlantik ist atemberaubend. Eigenartig, von oben sehen die Wellen gar nicht so groß aus. Oder hat der Wind nachgelassen? Ich gehe zum Ufer und beobachte das vertraute Bild der heran laufenden Wellen. Da ist es wieder, dieses Gefühl der Ruhe, dieses Schweben außerhalb des Körpers, taumelnd wie ein betrunkener Schmetterling.

Die Brandung ist immer noch ein wachsendes und wieder verrauschendes Brausen, ein Kuss der Welle mit dem Sandstrand, in dem Begrüßung und Schmerz der Trennung liegt.

Gleich daneben, wo an der Küste die Felsen schwarzgrau in Altersfarbe, müde und gleichzeitig übermächtig aus der Brandung ragen, fällt der Wind erbittert und jähzornig über die Klippe her, an deren Stufen aus Granit, zerklüftet und runzlig, das Meer hochschießt, schäumt die Gischt zu Blitzen auf. Dann liegt, schwarzgrau, der Felsen wieder übermächtig, nüchtern und müde da. Ein grandioses Schauspiel, an dem ich mich nicht sattsehen kann.

Der Durst holt mich zurück in die Gegenwart.

Auch der Schock des Beinaheverlustes der Yacht muss noch verarbeitet werden. Was hätten wir ohne unsere Yacht hier in Aveiro gemacht? So ein gutes Schiff bekommen wir so schnell nicht wieder. Ein deftiges portugiesisches Abendessen wäre jetzt hilfreich. Die Dame an der Rezeption empfiehlt uns das „Tasquinha Do Leitao". Mit dem Taxi sind wir schnell dort.

Augenscheinlich ist das Restaurant sehr beliebt, es ist brechend voll mit Einheimischen und auch Touristen. Da man uns am Outfit als Segler erkennt, bekommen wir sofort einen Tisch.

Typisch portugiesische Küche, viel Schweinefleisch und viel Fisch. Das Warten auf das Essen fällt uns leicht. Im Sichtfeld die bunten Gondeln auf dem Fluss machen uns diese kleine Stadt sympathisch. Dann kommt schon das Essen, sehr gut, reichlich und unschlagbar preiswert.

Damit die Bedienung nicht so oft laufen muss, bestellen wir für jeden einen Liter einheimischen Rotwein, den 2012er Duro Doc. Die Lautstärke im Raum nimmt noch zu. Auf dem Tisch stehen jetzt Oliven und Brot und uns geht es gut.

Erik hat in den letzten Tagen viel öfter mit uns gesprochen, auch mal einen Scherz gemacht. Den Verlust seiner Yacht hat er schon mit der Versicherung geregelt, für den Verlust seiner Partnerin, die ihn verlassen hat, gab es leider keine Versicherung, darüber muss er hinweg kommen.

Viel mehr schmerzt ihn das jetzige Leben seines Sohnes Marc. John kommt da eine Idee, die er mir später an Bord mitteilt.

Wie wäre es, wenn wir den Sohn mit an Bord holen? Das wird nicht einfach sein, da Vater und Sohn keinen Kontakt haben. Aber es würde sich lohnen, wenn es denn gelänge. Da haben wir in den nächsten Tagen eine Nuss zu knacken. Versuchen wir es mit einem Trick, einer falschen Nachricht oder provozieren wir Marc einfach und hoffen dann auf eine Reaktion.

Noch haben wir nicht die Lösung und wir werden sie auch heute Abend nicht mehr finden. Aber einen guten Pub, der bis 02 Uhr geöffnet hat, sollten wir doch finden können. Der Kellner nennt uns „The Irob Duke Pub" in der Rua Direita. Guter Whisky, gute Cocktails und mindestens bis 02 Uhr geöffnet. Für den Tipp bekommt er ein gutes Trinkgeld. Und tatsächlich, der Pub gefällt uns. John holt die erste Runde. Der Wirt hat ihm gesagt, dass es morgen draußen wieder ruhiger wird. Also stoßen wir auf den Wirt an und dass er Recht behält. Wir haben schließlich noch eine ganz schöne Strecke bis nach Palos und brauchen den Wind, aber auch nicht zu viel. Jetzt hole ich noch drei neue Gläser, diesmal mit irischem Whiskey, zur Erinnerung an unser erstes Aufeinandertreffen. Doch John ist nicht am Tisch, er steht plaudernd mit einer Portugiesin an der Bar.

Das ist gut, nach all dem, was ich von ihm weiß. Um seine Psyche brauche ich mir wohl keine Gedanken mehr zu machen.

Auch Erik schaut gedankenverloren hinüber, er sollte das Gleiche tun oder es wenigstens versuchen, dann wäre mir wohler. So trinken wir beide den irischen Tullamore Dew und freuen uns auf das nächste Ziel.

John kommt gerade noch rechtzeitig um seinen Whisky noch vorzufinden, er strahlt.
„Hast du dich verabredet?" frage ich.
„Ja, morgen früh, eine Stunde vor dem Auslaufen" sagt John.
Von mir aus zwei, denke ich noch. Dann ist er schon unterwegs, den letzten Drink zu holen u.nd winkend zu verschwinden

Lang und rund rollt die Dünung an die Küste. Der Wind bietet uns am nächsten Morgen brave 4 Bft. Nach dem Frühstück gibt es noch einen doppelten Espresso zum munter werden.
Wir warten auf John. Ohne Neid.
Ich kenne das von Waterford, das Gefühl Abschied zu nehmen, wenn man sich gerade kennen gelernt hat. Mit dem Wissen, sich wahrscheinlich nie wieder zu sehen, nicht mal sicher zu sein, ob sie wirklich Molly heißt. Und trotzdem lieben wir diese Kneipennächte an Land und die netten Mädels. Dann sind wir ja oft wieder tage- und wochenlang allein auf See. Als John an Deck springt, bringt er gleich die Festmacherleinen mit.
Auf meine Frage, wie die Frau heißt, schaut er mich verständnislos an, Namen sind unwichtig, wenn man weiß, es sind nur Momente. Wenn uns nachts Schiffe begegnen, ist es doch das gleiche Gefühl, wir freuen uns, nicht allein auf der See zu sein, denken an die Menschen dort drüben und sehen sie wieder entschwinden. Es war schön in Avairo, bis auf den Ganovenstreich. Aber es ist auch schön, wieder auszulaufen. Am Leuchtturm Farrol da Barra winken uns einige Menschen zu, der Strand ist heute wieder gut besucht.

Noch drei Stunden, dann sind wir außer Landsicht, dann hat uns das Meer wieder und wir das Meer.

Unsere Yacht hat sofort wieder den Rhythmus des Meeres angenommen, wenn die Wellen von achtern unter uns hindurch laufen, beschleunigt die Yacht. Wir sitzen an Deck und jeder hängt seinen Gedanken nach. Die Weite der See, die Wellen salzig monoton, ohne Empfindungen, das alles ist so unbeschreiblich tröstlich.

Die nächsten Tage sind Routine, gleichmäßig rollt der Atlantik nun vorlicher heran und gleichmäßig verbeugt sich unser Schiff vor ihm, wir gehen Wache, steuern und schlafen. Unser Rhythmus ist der Rhythmus des Meeres, wir sind daran gewöhnt und morgen wird es nicht anders sein, bis wir an der Südspitze von Portugal den Leuchtturm von Sagres sehen.

Lt. Sagres

Dann ist es soweit, freundlich blinkt er zu uns herüber. Der Name „Sagres" erinnert mich immer an die 89 Meter lange portugiesische Dreimastbark, die 1938 für die deutsche Kriegsmarine als Schulschiff in Dienst gestellt wurde und heute nach einer abenteuerlichen Geschichte das bekannteste portugiesische Schulschiff ist. Bekannt auch durch seine Galionsfigur, Heinrich der Seefahrer.

Von Sagres bis zum spanischen Palos haben wir noch zirka 150 Seemeilen vor uns, anderthalb Tage, eher weniger bei gutem Wind. Was reizt uns eigentlich an Palos?

Palos liegt auf 37°13´N und 006° 53´W, wurde 1379 gegründet und hat heute ca. 11.000 Einwohner. Das erklärt aber noch nicht das weltweite Interesse. Palos de la Frontera bezeichnet sich selbst als „Wiege der Entdeckung Amerikas". Von dort aus stach Kolumbus mit den beiden Karavellen „Nina" und „Pinta" und der Karake „Santa Maria" am 3. August 1492 in See, als er den Seeweg nach Indien entdecken wollte. Auch die Brüder Pinzon, Einwohner dieser Stadt, spielten eine zentrale Rolle bei der Entdeckung Amerikas durch die Europäer.
Wir wollen uns auf das „Museo de Martin Alonso Pinzon" konzentrieren und auf „Muelle de la Carabelas", die Mole der drei Karavellen. Hier liegen seit 1992 die Nachbildungen der drei Kolumbus-Schiffe und natürlich freuen wir uns auf die Stadt am Rio Tinto.
Mit jetzt wieder achterlichem Wind segeln wir ostwärts.
Die Geschwindigkeit übertrifft meine Erwartungen und für Erik wird es nicht einfach zu steuern, die Yacht geigt vor sich hin.
Er sollte auf Raumwindkurs gehen, dann wird der Weg zwar weiter, aber das Schiff liegt ruhiger.

Heute Nachmittag gibt es zum Five-o´clock-tea mal etwas ganz anderes, einen Irish Coffee, mit dem Rest von meinem besten Whisky. Dankbar nehmen meine beiden Freunde das heiße Getränk in ihre klammen Hände, ohne Worte, nur Erik knurrt leise etwas auf Englisch vor sich hin was „scheißgut" heißen soll, für ihn wohl die Steigerung von „sehr gut".
In der Ferne sehen wir wieder die uns begleitende Küste. Ich beobachte das Jagdverhalten der Sturmtaucher. Die Vögel mit einer Flügelspannweite knapp unter einem Meter schießen etwa fünf Meter über unseren Kopf und über die Wellen.

Ab und zu stürzen sie sich hinein, um einen Fisch zu erbeuten, ein elegantes Spiel. Erik holt seine Mundharmonika und John beginnt zu singen, dieses Mal nicht „The good ship rover".

Doch schon als er das Lied ansingt, bin ich elektrisiert, „La Paloma" die weiße Taube des baskischen Komponisten Sebastian Iradier. Das Lied entstand zwischen 1655 bis 1661 während seines Kuba-Aufenthalts. Diese baskische Habanera erlebte einen Siegeszug rund um die Welt, ist allerdings nur in Deutschland durch die Interpretation von Hans Albers und Freddy Quinn ein Seemannslied, hier aber die Hymne der Seeleute schlechthin.

John singt die baskische Version des Liedes: „Si a tu ventana llega una paloma".

Ich bekomme eine Gänsehaut, hier auf See in Begleitung der donnernd brechenden Wellen von achtern begreife ich, warum diese Melodie so bekannt ist. Es ist nicht nur eine Botschaft, es ist ein Gefühl und für John ist diese Küste die größte Bühne der Welt, er sieht glücklich aus.

Und dieser Mann wollte nie mehr segeln?

Ich glaube, das ist vorbei.

Langsam wird es dunkel, ich löse Erik am Steuer ab. Die Beiden sitzen noch eine Weile über der Seekarte und machen Pläne. Dann verschwindet John in der Koje, noch ein wenig Schlaf bis zur nächsten Wache.

Erik liegt auf dem Vordeck im Windschatten des Sprayhoods und zählt die Sterne. Ich hab noch einen Rest Kaffee in der Tasse und bin mit der Welt zufrieden. Es war eine ruhige Nacht mit wenig Arbeit, obwohl der Autopilot den „Fastvorwindkurs" nicht so gern mag. Nach einem herzhaften Frühstück zu dritt können wir schon die Gastlandflagge wechseln, wir sind in spanischen Gewässern. Es ist nicht mehr weit zum Rio Tinto.

Gegen Mittag taucht in der Ferne der Faro de Palos auf, ein sehr schöner Leuchtturm. Er steht am Ende einer sichelförmigen Landzunge, dahinter müssen wir noch einen langen Wellenbrecher umfahren. Nach einer Woche auf See sind wir dann sicher im Yachthafen fest.

Während der Anmeldung beim Hafenmeister erfahren wir, dass die Wellenhöhe gestern und heute mit vier Metern angegeben wurde. Das haben wir aufgrund der Länge der Wellen gar nicht so empfunden.

Mit einem relativ jungen Hafenmeister trinken wir das letzte noch übriggebliebene irische Stout auf die Seefahrt und hier speziell auf Kolumbus, denn ohne den Entdecker Amerikas hätten wir hier nicht angelegt. Der Hafenmeister gibt uns noch ein paar Tipps, welche Sehenswürdigkeit wir unbedingt besuchen müssen und auch welche Taberna. So aufgeklärt schlendern wir durch die Altstadt, Das Erste was uns auffällt, ist ein Kolumbus-Denkmal. Vor 523 Jahren begann hier eine neue Zeit.

Wir sehen diesen Ort als wichtige Station unserer Reise. Den ganzen Nachmittag gehen wir über die Straßen, die der große Entdecker gegangen ist. Seefahrer gibt es berühmtere, aber sein Mut zur Entdeckung des Seeweges nach Westen hat die Welt verändert

Wenn man bedenkt, dass seine Schiffe nur wenig größer als unsere Yacht waren und die Navigation erst in den Anfängen steckte, kann man nur den Südwester ziehen und caramba (alle Achtung) rufen.

Im kleinen Hafen liegen die drei Schiffe des Kolumbus vertäut, es sind seetüchtige Nachbauten der Originale, fertiggestellte 1992 anlässlich des 500.ten Jahrestages der Entdeckung Amerikas durch den Genueser. Wir sind dann doch etwas enttäuscht, als wir vor den Schiffen stehen, wie klein sie sind.

Welche mentale Leistung dieser Mann, der nicht mal ein besonders guter Seemann war, gebracht hat, wird uns beim Anblick dieser Schiffe langsam klar. Die PINTA entspricht in der Größe unserer Yacht. Als wir auf dem Schiff stehen, sind wir uns einig: wir würden nicht tauschen. Doch die Möglichkeiten des Handels mit der Neuen Welt haben den alten Kontinent verändert.

Noch unter dem Eindruck der kleinen Flotte suchen wir das „Museo de Martin Alonso Pinzón", hier kann der Besucher nautische Instrumente, Gemälde und Seekarten im Zusammenhang mit der Entdeckung Amerikas bewundern.

Der Durst treibt uns dann doch wieder auf die Straße. Bisher haben wir immer und überall in solchen Situationen einen Pub gefunden, so auch heute. In der Rigdland Ave werden wir fündig. Im „Casa San Juan" steht sofort ein kühles Bier auf dem Tisch, kaum dass wir uns hingesetzt haben. Die Speisekarte ist sehr mexikanisch, aber wir haben es nicht bereut. Gute Steak Tacos, Hühnchen Enchiladas, Burritos, Reis und Bohnen. Dazu verschiedene sehr authentische Salsa und natürlich das eine oder andere kühle Bier.

Hier in Palos sind wir sicher, dass wir alles richtig gemacht haben. Was jetzt kommt, ist Zugabe. Vielleicht Gibraltar, der Affenfelsen und dann Sizilien ?

Wo wollte Erik eigentlich hin, als er mit seinem Boot aufbrach? Nachts 00.30 Uhr im Cockpit unserer Yacht nach dem dritten Whisky rückt er raus mit der Sprache.

Als er noch zur See fuhr, hatte er mal eine Hafenbekanntschaft in Dublin. Immer wenn sein Schiff in der Nähe Ladung übernahm, eile er mit dem Taxi zu ihr. Das ist schon eine Weile her, aber er denkt immer noch gern an sie. Vielleicht geht da noch was auf dem Rückweg.

Und wir?

Sollten wir nach Triest segeln?

John hat mir mal gesagt, er segelt so lange mit mir, bis ich genug von der See habe. Das kann dauern. Wir bleiben noch einen Tag in Palos, es gibt ja so viel zu sehen. Verpflegung muss auch noch gebunkert werden.

Und noch ein Grund: Die muchachas sind nett zu uns in der Hoffnung, wir bleiben noch ein paar Tage.

Aber uns zieht es weiter. Zumal ein strammer Westwind weht, mit dessen Hilfe wir die Gezeitenströmung in der Meerenge von Gibraltar überwinden können.
Und schon wieder lockt ein neues Ziel, Sizilien.
Am Nachmittag legen wir ab, Kurs Südost.

Warum nicht Alicudi?

*A*n seiner Mündung spuckt uns der Rio Tinto wieder hinaus in den Atlantik. Eine lange Welle empfängt und wiegt uns in der sonnendurchfluteten See. Zwei Tage an Land haben gereicht uns wieder nach diesem Tanz zu sehnen. Wortlos und wie bei jedem neuen Aufbruch beginnt Erik, uns einen Irish Coffee zu mixen, er ist darin Meister, erstaunlich für einen Norweger. Ich genieße dieses Getränk.

Mir fällt auf, dass der Schiffsverkehr stark zugenommen hat. Achteraus kommen einige Mitläufer auf. Auch zwei größere Entgegenkommer. Einer von denen sieht abenteuerlich aus, die Bordwand ist eingedrückt, überall Rost, ein richtiger „Seelenverkäufer" und er liegt auch viel zu tief, bestimmt ist er überladen. Dem möchte ich nicht nachts begegnen, der weicht nicht aus, hat eh schon genug Beulen. John spleißt gerade ein Auge in eine Festmacherleine. Dabei summt er vor sich hin und fragt mich zum dritten Mal, ob wir tatsächlich nach Triest segeln. Ich vermute, er freut sich auf ein Wiedersehen mit einer längst vergangenen Liebschaft. Er singt jetzt auch öfter wieder bei der Arbeit. Als ich ihn dann mal frage wie sie heißt, ist er doch tatsächlich verlegen.
„Joaquina, glaube ich", sagt er dann. Ich wünsche ihm, dass er sie findet, egal wie sie heißt und wie es ausgeht.

Der Whisky im heißen Kaffee hat uns gut getan. Erik holt die Seekarte auf den Cockpit-Tisch und rechnet. Morgen früh 04.00 Uhr werden wir Cadiz querab haben und am frühen Nachmittag Gibraltar. Dann geht es immer entlang der afrikanischen Küste, sieben Tage und Nächte, wenn das Wetter mitspielt.

Bis Gibraltar ins Mittelmeer hinein weht ein moderater Poniente, ein Westwind, sagt uns der Wetterbericht um 07.35 UTC. Gegenwärtig ist er uns wohlgesonnen, aber auf den nächsten 200 Seemeilen ist dann mit den gefährlichen Contrastes zu rechnen, gegenläufige Winde die eine unschöne Kreuzsee erzeugen, von der wir hoffentlich verschont bleiben. Wenn wir dann vor Libyen die Zone des Libecco erreicht haben, wird uns dieser Südwestwind sehr willkommen sein.

Alles läuft bisher nach Plan. Als ich die dritte Wache übernehme, ist die Lichtglocke von Cadiz noch weit achteraus zu sehen.

08.00 Uhr, Erik wuselt schon wieder durch die Kombüse und ich freue mich auf das Frühstück und einen starken schwarzen Tee. Überraschend stellt Erik einen Krug mit frisch gepresstem Orangensaft auf die Back, die Früchte hat er in Palos auf dem Markt gekauft. Die nächsten acht Tage werden wohl im Gleichmaß vergehen. Nachmittags taucht an Backbord die südlichste Spitze Spaniens, die Stadt Tarifa auf.

Um den Felsen von Gibraltar zu sehen, ändern wir den Kurs auf Nordost. Zwei Stunden später steigt der Felsen langsam aus dem Meer, von See aus ein herrlicher Anblick. Seit 1713 ist Gibraltar britisches Gebiet.

Jetzt geht es nur noch ostwärts, zwei Tage sind wir schon unterwegs, keine Inseln, keine Küsten, nur das Meer. Der Wind beginnt zu drehen, aus dem Poniente wird ein Levante. Das heißt für uns: Wind von vorn, kreuzen, eine längere Strecke und viel Arbeit. Alle zwei Stunden heißt es jetzt: „Klar zur Wende". Natürlich nur symbolisch, wir segeln nicht nach Kommandos, eine Handbewegung des Mannes am Ruder reicht aus.

Dann rauschen die Schoten aus und werden blitzschnell auf der anderen Seite dichtgeholt, wenn der Bug durch den Wind gegangen ist.

Wenn man das hunderte Mal gemacht hat, killen die Segel nicht mal einen Moment, das ist Routine.

Schon dreimal haben wir Wale gesichtet, einmal keine hundert Meter neben unserem Schiff.

Ein grandioses Schauspiel, dieses mächtige Tier so nah zu sehen. Besonders, da es ein Buckelwal ist. Ich habe schon mal einen Finnwal im Walschutzgebiet nördlich von Elba ganz nah gesehen. Dieses Tier war ca. 12 Meter lang. Finnwale sind im westlichen Mittelmeer mit geschätzt etwa 3000 Stück vertreten. Pottwale weit weniger. Und Buckelwale, die Riesen des Nordatlantiks, eher selten. Bis Anfang der 90er Jahre gab es lediglich zwei belegte Buckelwalsichtungen im Mittelmeer, beide Berichte stammten aus dem westlichen Meeresbecken.

In den letzten Jahren hat sich die Zahl der Sichtungen im Mittelmeerraum deutlich erhöht, was darauf schließen lässt, dass Buckelwale sich regelmäßig auch in diesen Gewässern aufhalten. Der von uns gesichtete Buckelwal hatte etwa die Größe unseres Schiffes, also 18 Meter.

Er war leicht zu identifizieren, denn ich habe ein Bordmesser eines Walfängers dabei, dessen Griff aus einem Pottwalzahn besteht, mit einem Buckelwal in Scrimshaw-Technik(Gravur) versehen. Auf der zweiten Seite des Griffs ist ein Dreimast-Vollschiff graviert. Das Messer sieht etwas klobig aus, aber es liegt unglaublich gut in der Hand beim Arbeiten.

Die zahlreichere Anwesenheit von Buckelwalen im Mittelmeer scheint mit der Erholung einiger Populationen im Nordatlantik in Zusammenhang steht, welche über die letzten Jahrhunderte sehr stark durch den Walfang dezimiert wurden. Wir haben den seltenen Anblick genossen.

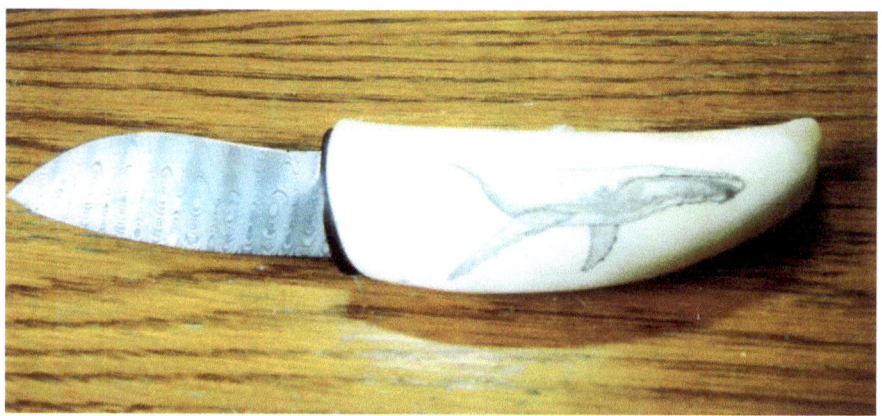

Mein Bordmesser

Sollten wir noch weitere Sichtungen bis Sizilien haben, wird der Whisky knapp, Wir hatten ihn eigentlich für den Irish-Coffee gebunkert, doch dann haben wir drei auf dieses seltene Ereignis angestoßen..

Bald bricht die Nacht an, eine von vielen bis zum nächsten Ziel. Die Nächte und die Tage sind ohne besondere Vorkommnisse vergangen, in Erwartung des einen oder den anderen Sirokkos. Eigentlich ist es gegenwärtig zu ruhig für dieses Meeresgebiet. Ich wette mit John um drei Liter warmen Bieres, dass da noch was kommt. John sagt zwar, die Luftdruckunterschiede sind nur minimal, wo soll da der Wind herkommen, aber warten wir`s ab.

Wieder ist eine Woche auf See vergangen. Keine weiteren Wale, nur ab und zu begleiten uns neugierige Delphine. Wenn alles gut geht, müsste morgen Sizilien in Sicht kommen. Da wir am Tag fast keine Arbeit haben, sind wir abends auch nicht müde. So sitzen wir drei im Cockpit der Yacht im warmen Abendwind.
John hat Sehnsucht nach Schottland. Oder Irland? Oder irgendeinen Hafen dieser Welt? Und Erik denkt an ein Mädchen in Dublin, dessen Namen er vergessen hat.
Und ich? Viele Gesichter ziehen vorüber, gute und weniger gute Erinnerungen. Freude, Erfolg, Liebe und Verrat.
Ehe ich es bewusst wahrnehme, höre ich das feine Sirren in den Wanten und das Knacken der Winschen. Es geht los und wie es aussieht werde ich meine Wette mit John gewinnen.

Erst ist es nur so ein lausiger heißer Wind aus den Tiefen des afrikanischen Kontinents. Gleichmäßig und stetig zunehmend bläst er uns an. Noch ist die See moderat, lange Wellen ohne Gischt treffen uns leicht achterlich an Steuerbord. Und wir werden schneller, mit über acht Knoten jagen wir durch die Nacht, ungemütlich wird es wohl erst gegen morgen, wenn die Wellen ihre volle Höhe erreichen und zu brechen beginnen.
Im Moment, auf dem Rücken der See reitend, fühlt man sich als Herr über Wind und Wellen und ist doch zugleich ihr Sklave.
Ein Kurswechsel ist kaum noch möglich und die Luvküste Siziliens zu gefährlich, also die Nordküste anvisieren und unter Land bleiben.

Am Morgen stellen wir jedoch fest, dass wir schon nordwestlich der Insel stehen. Auch gegenan ist nun nicht mehr möglich, also reffen und nach Lee ablaufen, ohne Risiko. Mein erster Kapitän auf der Schonerbrigg hat uns seeverrückten Jungs mal gesagt: „Wer den Respekt vor der See verliert, wird scheitern". Das hat sich mir eingebrannt.

Vor uns das Mittelmeer bis nach Sardinien, nicht ganz, denn dazwischen liegt noch die westlichste der liparischen Inseln, Alicudi. Ja, warum nicht Alicudi?
Auf dieser Vulkaninsel war ich vor ein paar Jahren schon mal. Sollte der Sirokko abflauen, wäre ein Anlegen möglich. Am Fähranleger haben zwei Yachten Platz, nur solange, bis der nächste Carrier anlegt, zweimal pro Woche.
Ein Hotel und eine Handvoll schneeweißer Häuser, an den schwarzen Lavaberg geduckt, das ist alles, fast wie das Ende der bewohnten Welt.
Aber noch sind wir nicht dort. Inzwischen sind im Cockpit die Strecktaue gespannt und wir sind eingepikt, auf dem dem Am-Wind-Kurs würde die Yacht wie ein Rodeopfer bocken. Zum Glück segeln wir überwiegend mit raumen, fast achterlichen Wind. Wenn eine hohe Welle unter unserer Yacht hindurch läuft, erreicht das Schiff im Surf mehr als 10 Knoten Geschwindigkeit. Tief taucht das Heck in die Wellentäler, der Bug kommt hoch und fällt dann voll in die See, dann ist rings um uns nur brodelnd weißer Schaum. Wenn du hier über Bord gehst, hast du keine Chance, selbst bei größter Vorsicht bleibt ein Restrisiko. Deshalb schleppen wir bei so einem Wetter immer eine lange Leine nach.

Ich weiß wovon ich rede, ich bin schon dreimal auf See über Bord gegangen, also alle 10000 Seemeilen einmal und habe tatsächlich einmal diese Leine gebraucht.

Während ich mir Gedanken über die Sicherheit mache, studiert Erik den Himmel.

„Da kommt noch was, der Wind dreht" sagt er.

Das wäre fatal, denn dann gibt es in absehbarer Zeit eine Kreuzsee und das Meer ist voller verdammt tiefer Löcher. Zu unserem Glück dreht der Wind aber nur leicht auf Südost und damit verschwindet auch in den nächsten sechs Stunden die Grundsee vor dem Hafen von Alicudi.

Wir sind alle drei erschöpft, aber voller Vorfreude.

Achtmal 24 Stunden ununterbrochen auf See, teilweise bei Wellenhöhen von bis zu fünf Metern. Ein tolles Gefühl, als das grüne Licht der Hafenmole nach achtern auswandert, die Yacht in den Hafen gleitet und bald darauf die Leinen fest sind. Heftiger Schwell zerrt an ihnen, obwohl wir sie zur Vorsicht doppelt gesetzt haben.

Eine heiße Dusche an Bord, dann gehen wir an Land. Es ist ein eigenartiges Gefühl, diese „schwankende" Insel zu betreten Auf See ist uns der Rhythmus der Wellen vertraut, auf dem festen Land sind wir unsicher. Da drüben steht das Hotel, alles noch wie damals.

Die Wirtsleute begrüßen uns herzlich. Ob sie sich noch an mich erinnern? Da so wenige Yachties den Weg hierher finden, wäre es möglich.

Und so ist es auch. „Drei Männer damals, Achim und Albert dabei" sagt die Chefin. Nun muss ich doch lachen, denn es stimmt tatsächlich. Sie reicht uns das Bier, dass wir so vermisst haben. Drei Liter sizilianisches Moretti-Bier mit Zitronenblüten und schön kalt, kann das Leben schön sein.

Ich frage nach Stella, die eigentlich Francesca heißt und nach Zlatko. Beide habe ich vor Jahren hier kennengelernt und auch ihre Geschichte.

Stella lebt hier unter dem Namen ihrer Schwester. Als die Geschichte begann war sie 35 Jahre alt.

Sie brannte mit dem 16 jährigen Zlatko durch und sie versteckten ihre Liebe auf dieser Insel, gefühlt am Ende der Welt. Beide wurden damals in Zadar/Kroatien unabhängig voneinander als vermisst gemeldet, ohne dass man einen Zusammenhang herstellen konnte. Damals war ich zufällig in diesem Hafen. Ich frage die Chefin nach Stella. Sie greift sofort zum Telefon, dann folgt ein emotionaler Wortschwall. Vielleicht sehe ich Stella wieder.

Inzwischen suchen wir uns die Vorspeise aus, eine gemischte Platte mit Meerestieren, Pilzen, Oliven, geschmorten und marinierten Gemüsen, aus lokalem Käse, Schinken und Salami, dazu gibt es gekühlte Honigmelone und frische Feigen und natürlich geröstetes Weißbrot mit Sesam.

Sind wir schon im Paradies? Als Hauptspeise gibt es dann Pasta. Obwohl der Tisch vor unseren Augen schwankt, schwappt das Bier nicht über. Seltsam.

Nach dreimal drei Moretti-Bieren mit Zitronenblüten steht Stella, die eigentlich Francesca heißt, in der Tür. Als sie mich sieht, stößt sie einen kleinen Schrei der Überraschung aus und umarmt mich. Ich erzähle ihr aus meinem Leben und wie ich John und Erik kennengelernt habe. Sie muss inzwischen knapp über sechzig sein und sieht top aus, noch schöner als ich sie in Erinnerung hatte. Zlatko ist jetzt 41 und beide sind glücklich auf dieser kleinen Vulkaninsel. Ich beneide sie und wünsche mir, auch irgendwo diese Ruhe zu finden.

Ich wusste es, John kommt mit drei Whisky von der Bar. „Statt des warmen Bieres" sagt er. Stimmt, er hat ja die Wette mit dem Sirokko verloren, also dann „Slàinte" (zum Wohl).

Am Nebentisch sitzen drei alte Fischer. Sie sprechen offensichtlich über uns. Selten kommen Yachties wieder hierher, es gibt keine Badebuchten, nur eine unwirtliche Küste, steile schwarze Vulkanhänge, keine Disko. Und das Risiko, ungeplant den Anleger für die Fähre freimachen zu müssen, ist groß.

Als ich zur Theke gehe, um neues Bier zu holen, winke ich ihnen zu. Einer winkt zurück. Seine Geste bedeutet. „Komm doch mal näher". Also stelle ich auf dem Rückweg das Bier ab und gehe an den Tisch. Der Winker stellt sich mit Salvatore vor. Die anderen beiden heißen Vito und Giorgio, alle drei hier geboren und Fischer wie ihre Väter, sagt Salvatore. Sie fragen das Übliche, wo kommt ihr her, wo wollt ihr hin?
Von Schottland? Anerkennung klingt in ihren Worten. Das Leben auf Alicudi ist hart, sagt Vito, aber es gibt keinen anderen Platz auf der Erde, wo er sein möchte. *Als ich seine Augen sehe weiß ich, dass er es so meint.*

Alicudi

Und Giorgio ergänzt: „Was ist besser, als von seiner Hände Arbeit leben zu können? Unsere Frauen bauen Feigen, Kapern, Mandeln und Wein an. Wir fischen im Meer. So ist unsere Welt in Ordnung." Ich bin mir sicher, es wird Tage geben, an denen ich die drei beneide. Einhundert Einwohner hat der Ort. Wo haben sie ihre Frauen kennengelernt? denke ich. Nicht jede sehnt sich nach so einem Ort zum Leben. Salvatore sagt „Meine ist auch hier geboren". Ein Glücksfall. Vito und Giorgio mussten nach Sizilien segeln und lange suchen.

Salvatore lädt uns ein, ihn morgen früh in seinem Weinberg zu besuchen, freudig sagen wir zu.

Der Abend nimmt den üblichen Verlauf und als die Zungen schwer werden und keine geordnete Konversation mehr möglich ist, verschwinden wir auf unsere Yacht, wo uns der Schwell bald in den Schlaf wiegt.

Am nächsten Morgen gibt es nur einen starken schwarzen Kaffee, dann heißt es: Treppen steigen, denn auf der Insel gibt es keine Straßen. Auf Anhieb finden wir den Weinberg, wo uns Salvatore stolz die prachtvollen Trauben zeigt. Im Schatten sitzend trinken wir seinen Wein zum köstlichen sizilianischen Schafskäse. Auf dem Etikett lese ich „pecorino siciliano". Der sizilianische Pecorino (Schafskäse) hat einen harten, halbgekochten Teig und wird in allen Provinzen Siziliens hergestellt. Zusammen mit pecorino romano und dem pecorino toscano gehört er zur nationalen Käsearistokratie. Die Produktion erfolgt nach den alten Modalitäten, die bereits von Aristoteles beschrieben wurden. Auch wir genießen den besonderen Geschmack, unterhalten uns noch eine Weile und verabschieden uns dann nach dem zweiten Glas Wein, nicht ohne noch ein paar Flaschen und fünf Kilo Käse von Salvatore gekauft zu haben.
Auf dem Schiff erfahren wir vom Hafenmeister, dass heute Abend die Fähre kommt. Das heißt für uns „Auslaufen!".
Noch einmal winken, dann verlassen wir diesen verzauberten Ort und mir ist, als hätte ich eine großartige Geliebte verlassen.
Wieder auf See wird mir bewusst, dass ich zweimal durch heftiges Wetter nach Alicudi verschlagen wurde. Zufall?
Oder Anstoß darüber nachzudenken, dass das einfache Leben ohne all die angeblichen Genüsse der Zivilisation, die nur den Konsum und den Verschleiß fördern, gesünder und lebenswerter ist.

Zu dieser Erkenntnis kommt man leider meistens erst, wenn das Konsumstreben Körper und Geist ruiniert hat. Ich glaube, ein Besuch auf Alicudi fördert den Ausstieg aus einem falschen Leben. Stella hat es auf dieser kleinen Insel geschafft, schon vor dreißig Jahren.

Johns Stimme reißt mich aus meinen tiefphilosophischen Gedanken.

„Welchen Kurs, Skipper?" fragt er nüchtern.

„Welches Ziel, John?" frage ich bewusst zurück.

„Wie wäre es mit Messina?" schlägt er vor.

Da war ich schon zweimal, schöner Hafen, gerne wieder.

Aber ich mache einen Gegenvorschlag: „Nach Syrakus?"

Die Stadt, die Cicero die „größte und schönste aller griechischen Städte" genannt hat. In der Antike war Syrakus an der Ostküste von Siziliens tatsächlich über mehrere Jahrhunderte kulturelles Zentrum Siziliens. Die Stadt ist Weltkulturerbe und ich freue mich auf eine einzigartige Ansammlung bemerkenswerter Zeugnisse der Mittelmeerkulturen und der Entwicklung der Zivilisation über mehr als drei Jahrtausende. Die architektonische Leistung umspannt die verschiedenen kulturellen Aspekte, griechisch, römisch, Barock.

Diese Begründung macht schließlich auch John und Erik neugierig auf die Stadt Syrakus.

Syrakus

*D*Er Name „Syrakus" hat schon seit Jahrtausenden einen besonderen Klang. Wir drei wollen den Zauber dieser Stadt erleben und etwas über die wechselvolle pralle Geschichte erfahren. An Palermo vorbei segeln wir zur Straße von Messina, der Kurs liegt an und das Wetter spielt mit.

Ein 5er Wind, diesmal aus West, passt in unser Konzept. Nur wenige Tage auf See liegen vor uns.

Unter Deck duftet es nach Kaffee, Erik ist wieder am Werk. Noch lässt mich der Gedanke an die Fischer von Alicudi nicht los. Über fünfzig Jahre fahren sie hinaus, mit wechselndem Erfolg, abends sitzen sie am Hafen, trinken Wein und unterhalten sich. Worüber? Passiert überhaupt etwas in ihrem Leben?

Vielleicht wollen sie es genau so und nicht anders. Mir fehlt der Mut, diesen Gedanken zu Ende zu denken. Und John und Erik? In Triest werden wir drei uns wieder trennen und was dann?

Ein Trost bleibt: die gemeinsam gesegelten Meilen und das zusammen Erlebte kann uns keiner mehr nehmen.

Ein Frachter kreuzt unseren Kurs Richtung Palermo, ein ziemlich altes Modell aus der Mitte des vorigen Jahrhunderts. Er funkt uns an und fragt, ob wir zufällig einen Arzt an Bord hätten. Leider nein. Und strebt eilig weiter nach Süden. Die Sonne hat den Zenit erreicht, wir stehen im Schatten unterm Sprayhood und beobachten den Horizont. In diesen Gewässern, wo sich noch im 18. Jahrhundert die Piraten tummelten, ist heute kein Schiff zu sehen. So hängen wir unseren Gedanken nach und sind eigentlich zufrieden mit der Welt.

In ein oder zwei Wochen ist unser Törn zu Ende. Jeder von uns wird wieder in seine Welt eintauchen und neue Ziele suchen. Ich habe mich noch nicht entschieden.

Außerdem bereitet mir der Gedanke an Eriks Sohn Unbehagen. Erik spricht wenig darüber, aber John und ich spüren, dass er oft traurig ist, kann ich gut verstehen. Vielleicht kann ich als Fremder mit seinem Sohn Kontakt aufnehmen.

John gibt mir ein Zeichen, den Kurs zu ändern. Ja, das hätte ich in meinem Leben schon lange tun sollen, denke ich so.

Als der neue Kurs anliegt, atme ich tief durch und freue mich auf Syrakus. Der Wind steht jetzt an Backbord, er kriecht leicht ein, aber dann immer noch stetig mit 4 Bft.

Die lange Welle hat eine Höhe von etwa 3 Metern. Sieht viel flacher aus, denke ich. Beinahe hätte ich die Coffeetime verpasst, doch nicht bei John. Der Duft von frisch gebrühtem Kaffee kriecht schleichend den Niedergang herauf, direkt in meine Nase. Herrlich, die trüben Gedanken sind weg. Mit ausreichend Speed bei leicht nördlichem Wind nähert sich unsere Yacht der Südostecke von Sizilien, die wir gegen Mitternacht runden.

Die gute Stimmung hält an, bald wird die Sonne ins Kielwasser eintauchen. Wir haben schon viele hundert Mal den Sonnen-untergang auf See erlebt, wenn es dann aber soweit ist, staunen wir immer wieder. Die Farben der dünnen Schichtwolken sind unbeschreiblich schön. Die Sonne, die schon sehr tief steht, steigt schneller und schneller hinab zum Meer und zieht den ganzen Horizont mit sich, der Wind frischt nochmal leicht auf und der Horizont achteraus wird veilchenblau. Allmählich hebt sich etwas Nebel aus dem Meer. Dann kommt die Dunkelheit heran gerauscht und tauchte das Meer in dieses blaue Licht, das die Wellen kaltsilbern leuchten lässt, ist einfach zu schön, um in die Koje zu kriechen.

So sitzen wir an Deck, bis auf dem Radar die kleine Felseninsel Isola delle Correnti auftaucht und wie ein großer Saphir herüber funkelt.
Die Insel ist bekannt als Zugvogelreservat.

Angestrengt suche ich das Leuchtfeuer. Nichts zu sehen, also Abstand halten. Wenige Meilen später ändere ich unseren Kurs auf 048 Grad. Der bequeme Halbwindkurs ist nun passé.
Wir segeln am Wind, etwas weniger Speed aber mehr Krängung. Es wird feucht an Deck.
Nach einer knappen Stunde taucht die Isola di Capo Passero schemenhaft an Backbord auf, hier wurde in den fünfziger Jahren die auf einer hohen Säule stehende Statue der Madonna del Mare von Mario Ferretti aus Florenz geweiht. Leider ist es noch zu dunkel, um sie zu bewundern. Auch die vielen Meeresgrotten an der Küste kann man nur ahnen. Nur der Leuchtturm ist gut zu erkennen und blinzelt uns ab und zu verschwörerisch zu.

Als die Insel in der beginnenden Morgendämmerung verschwindet, ändere ich den Kurs auf 020° und John übernimmt das Ruder. Bei diesem Nordnordwestwind wird es wohl bald ein Kreuzkurs werden. Eigentlich wollte ich mich jetzt in die Koje rollen, als Erik von Syracuse zu erzählen beginnt. Er war schon öfter dort und beginnt von früheren Hafentagen zu schwärmen, bis wir schon mal ein paar Tage in der wohl ältesten sizilianischen Hafenstadt ein planen.

Syracuse, die Heimat des Archimedes, war in der Antike über mehrere Jahrhunderte eine große und mächtige Stadt, das kulturelle Zentrum Siziliens. Erik erzählt begeistert von der Altstadt Ortiga, dem Gewirr steiler Treppen und enger Gassen mit seinen denkmalgeschützten Häusern und Palazzi.

Dorthin hat es einen ehemaligen Bordkameraden von ihm verschlagen, der auf einer kleinen Werft als Schweißer arbeitet. Erik freut sich auf ein Wiedersehen mit Kjell.

„Vielleicht gibt es auch etwas Neues aus der Heimat zu erfahren und vor allem wieder mal norwegisch sprechen", hofft Erik.

Nun bin ich doch müde und verschwinde unter Deck.

John koppelt derweil die ETA, die voraussichtliche Ankunftszeit in Syracuse. Ich schlafe tief und traumlos.

„Aufstehen Skipper", ruft John. Die Sonne steht im Zenit und ich habe tatsächlich sieben Stunden geschlafen. Etwas kaltes Wasser ins Gesicht geschwappt und dann bin ich mit einem preiswürdigen Sprung im Cockpit. Da ich schon den Leuchtturm Capo Murro sehe, müssen wir kurz vor der Einfahrt sein, wo uns eine hohe runde Welle entgegen steht. Die felsige Steilküste ist dicht bebaut, dahinter ebenes Land und in der Ferne hohe Berge von denen der thermische Wind kommt. Wortlos drückt mir John eine Mug mit starkem Kaffee in die Hand.

„Wo legen wir an?" fragt er.

Ich nehme das alte, schon arg zerfledderte Hafenhandbuch und orientiere mich. Die Altstadt Ortiga wird durch einen Kanal vom Festland getrennt. Im Nordteil befinden sich zwei Marinas. Der Porto Piccolo des Yachtclubs Lakkios ist überbelegt und das Wasser vermüllt. Auf der südlichen Seite gibt es im Bereich des Kanals die Marina Yachting, zu klein für uns.
Ich entscheide mich für den Grand Habour.

Per Funk VHF Ch.16/11 teilt uns die Hafenbehörde einen Platz am Kai 11C auf einer Tiefe von 3 m zu. Das Liegen ist hier bis zu fünf Tage gratis. Prima. Erst kurz vor dem Kanal bergen wir die Segel. Der Buganker fällt und wir legen mit dem Heck zum Kai an. Das Rauschen der Bugwelle noch im Ohr, sitzen wir in mitten des Hafenchaos in unserem Cockpit, im Hafenbecken gegenüber eine Anzahl von weißen Yachten, und freuen uns über die problemlose Überfahrt und genießen den Anblick.

Die starren Kaimauern dort drüben heben geradezu auf wundervolle Weise die Anmut der fließenden Linien der weißen Schiffsrümpfe hervor, die Grazie dieser Formen, entworfen um Wind und Seegang standzuhalten. Der Anblick entlockt mir lyrische Gedanken.

Diese Grazie ihrer Bewegung lässt ihre Festmacherleinen notwendig erscheinen, als ob sie sonst nichts daran hindern könnte, davonzufliegen. Eine interessante Sichtweise, denke ich noch.

Schon der geringste Windhauch, der verstohlen um die Ecken der Hafengebäude streicht, versetzt die so gefesselten in Erregung. Wie steif ihre Leinen auch festgemacht sein mögen, auf ihren Liegeplätzen bewegen sich die Yachten immer ein wenig und versetzen das Gefüge aus Tauwerk und Masten in unmerkliche Schwankungen. Ihre Ungeduld ist deutlich zu erkennen, wenn man ihre Mastspitzen beobachtet, die unaufhörlich hin und her schwingen. Und jedes dieser Schiffe lässt ein kaum merkliches Knirschen seiner Fender hören, das wie zorniges Murren klingt. Am Ende ist es aber gut, dass sie und die Männer, die auf ihnen segeln, eine Zeitlang ausruhen können, da eine solche Zeit der Selbstbestimmung gut tun mag. Auch uns, die wir vor ein paar Wochen in Schottland aufgebrochen sind, unsere Bestimmung wieder zu finden.

Dann geht es zum Duschen.
Oh, Gemeinschaftsduschen und das bei den prüden Italienern. Das heiße Wasser tut gut und die zwei Damen warten auch tatsächlich bis wir fertig sind. Auch die restlichen Sanitäranlagen sind o.k., wir haben in italienischen Häfen schon Schlimmeres erlebt.
Wieder an Bord machen wir uns landfein. John wählt eine leichte Tuchjacke über seinem Trägerhemd und ich ziehe in Anbetracht der doch recht kräftigen Sonne ein bequemes Bordhemd mit Schiffchenkragen an. Über Erik müssen wir nun doch lache, Er trägt wieder seinen ausgewaschenen Rollkragenpullover, bei 28°C! Was gegen die Kälte gut ist, ist auch gegen die Sonne gut, meint er. So trampen wir los, um uns die „schönste aller griechischen Städte" (lt. Cicrero) anzusehen.

Den Dom müsst ihr sehen, sagt Erik. Als wir vor den Säulen und Seitenmauern eines antiken Tempels stehen, sind wir schwer beeindruck, auf der Dachtraufe deuten Zinnen auf eine islamische Moschee hin und der Rest ist schwerer italienischer Barock. Ungewöhnliche Stilelemente in einem Bauwerk.

John und ich haben Durst, aber Erik schleift uns noch zum Amphitheater. Das Teatro Greco wurde im 6. Jahrhundert v. Chr. von den Griechen erbaut.
Da stehen wir schon wieder und staunen, mit einem Durchmesser von 138 m und Platz für 15.000 Zuschauer ist es eines der größten griechischen Theater und von den 60 in den Fels geschlagenen Sitzreihen ist der größte Teil noch erhalten. Hier finden im Sommer regelmäßig Theateraufführungen und Konzerte statt. Heute leider nicht, aber wir hätten heute wohl doch eher eine Kneipe vorgezogen. Daher bitten wir Erik einen Vorschlag zu machen. Er erinnert sich an das „Arrusti&Eat Syracuse". Eine typisch sizilianische Trattoria. Gute Hausmannskost, Steaks und andere Fleischgerichte. Der freundliche Inhaber heißt Francesco. Wie mein Freund, der als Staff im Hafen von Puntone di Scarlino arbeitet.

Oder doch lieber ins „Ristorante Syraka"? frage ich Erik.
Die gehobene Küche mit vielen Besonderheiten und gutem Wein macht uns neugierig. Außerdem ist es gut zu erreichen in der Via Trieste und hoffentlich ist es noch so gut wie Erik es beschreibt, ist schließlich schon fast 20 Jahre her, als er zuletzt hier war. Vom Liegeplatz gehen wir immer gerade aus in die wuselnde Altstadt Ortiga, sechs Häuserblocks vom Hafen entfernt. Geschäftiges Treiben empfängt uns, Händler bieten ihre Ware an, Fischer sind mit ihren typischen hochbordigen Karren auf dem Weg zum Fischmarkt, und hechelnde Touristenscharen suchen noch ein letztes Souvenir oder suchen wie wir ein uriges Lokal.

Händler stehen in den Gassen, bieten Kettchen und Ansichtskarten, Ölbilder, Messer und Marmorfiguren an, bis hinunter zum Hafen.

Eine Gruppe bronzegesichtiger Matrosen kommt uns entgegen. Dies ist die Straßenseite der Kontore der Reedereien, der Makler, der Schiffshändler, der Caféhäuser und Kneipen.
Hier bekommst du alles, Ledergurte aus Hongkong neben einem Panoramabild von Palermo, englische Rasierseife und holländischen Tabak. Und Schräg gegenüber zwischen Kathedrale und Tanzlokal befindet sich das Freudenhaus. Schöne Weiber liegen daneben in Liegestühlen und zeigen mit den Fingern den Preis an. Bettler in allen Stadien des öffentlichen Elends erheischen von den Vorübergehenden eine Gabe. In der Abendsonne flimmert die Hafenluft, ein von hundert Aromen gesättigter Cocktail der Ferne.
Die andere Straßenseite geht jetzt in die Pier über, an der die Schiffe festmachen. Ein Hafen, so recht nach dem Herzen eines Matrosen. Ein großer moderner Frachter dreht, von Schleppern bugsiert, langsam im Hafenbecken. In der Enge des Hafens ist das Schiff kaum mehr als ein Stück Eisen, in der Weite der See wird es zu einer Schönheit, die von den vorbeifahrenden Seeleuten bewundert wird.
Uns wird erst jetzt so richtig bewusst, dass jeder Hafen ein krasser Gegensatz zur simplen ungeschmückten Weite der ewigen Monotonie des Meeres ist.

Da leuchtet uns schon das „Syraka" entgegen. Modernes Interior im Gastraum, viel Glas und interessantes Licht. Diese elegante Nüchternheit haben wir hier nicht erwartet. Die Speisekarte überrascht uns nochmal. Über 12 Pastagerichte mit Fisch und Meeresfrüchten. Es gibt nichts, was es nicht gibt. So haben wir eine Weile zu tun, etwas auszusuchen.

Auf dringende Empfehlung von Erik bestellen wir den Wein „Terre Siciliana", ein Volltreffer.

Es wird ein langer Abend, da Erik von seinen schönen Erinnerungen an diese Stadt erzählt, seine Schwärmerei steckt uns an.

Da haben wir ja morgen noch einiges vor uns, den Brunnen Fonte Aretusa und auch den Archaeological Park Neapolis.

Inzwischen kommt das Essen. Gegrillte Sardellen und Tintenfische als Vorspeise, dann Muscheln mit Gorgonzola. Zum Schluss Käse, Linguine und Orecchiette.

Mehr geht doch nun wirklich nicht.

Zufrieden trotten wir zurück zum Schiff, vorbei an den Mädels die immer noch Kunden suchen sitzen wir noch lange auf der Heckbank und quatschen dummes Zeugs.

Da huscht plötzlich ein Gedanke durch meinen Kopf. Ein ehemaliger Kumpel von Erik arbeitet doch hier in Syracuse auf der Werft. Das hat Erik irgendwann mal beiläufig im Gespräch erwähnt und dass der Kjell heißt.

Den sollte ich doch finden können, dann könnte ich vielleicht auch etwas über Eriks Sohn Marc erfahren. Mit diesem Gedanken klettere ich in meine Koje.

Am nächsten Morgen großes Palaver auf der Pier, John und Erik diskutieren vor dem Schiff sehr laut mit Jemandem. Sofort bin ich an Deck. Dieser Jemand ist unser neuer Liegeplatznachbar, am frühen Morgen angekommen hat er beim Anlegen seinen schweren Stockanker über unsere Kette geworfen.

Da muss er sich was einfallen lassen, denn wir wollen in ca. 24 Stunden ablegen. Meine beiden Partner haben sich bei meinem Erscheinen wieder beruhigt. Jetzt erst mal Frühstücken. Im Hafen ist geschäftiges Treiben.

John geht nochmal in die Stadt, ein Spezialöl für den Motor zu kaufen. Erik flickt eine eingerissene Kausch am Großsegel, das kann dauern.

Also entere ich eine Barkasse und lasse mich auf die andere Hafenseite mitnehmen, nun ist es nicht mehr weit zur Werft. Unterwegs frage ich den Ersten, dem ich begegne, der wie ein Hafenarbeiter aussieht nach Kjell. Einen Schweißer Kjell kennt er nicht und auch alle anderen, die ich am Werkstor frage, schütteln den Kopf, so drehe ich wieder ab. Ich bin schon außerhalb des Tores, als mir ein junger Arbeiter nachgelaufen kommt. „Du hast nach dem Norweger gefragt?"

„Ja, kennst du ihn?" frage ich zurück, in der Hoffnung, etwas zu erfahren.

„Warte bis die Thunfischer rein kommen, dann frag nach ihm" sagt er.

Thunfischer? denke ich und schlendere am Kai entlang.

Noch vor der Mittagszeit legen diese eigenartigen Boote an. Normalerweise wird der Thun mit Langleinen oder Schwimmreusen gejagt, hier aber auch mit Harpunen. Die Fische werden bis 4,50 Meter lang.

Ich schaue mir den Fang an und bin beeindruckt. Einer der Fischer steht rauchend auf dem Kai. Ihn werde ich fragen.

„Kjell der Norweger, ja, der ist mit uns" sagt der Mann. „Dort am Heck bei den Leinen". Als die Leinen aufgeklart sind, spreche ich ihn an. „Grüße von Erik" sage ich.

„Mein Freund Erik ist in der irischen See bei den Fischen" sagt er traurig. Als ich ihm die wahre Geschichte erzähle, umarmt er mich und will gleich los zur Yacht. Ich bitte ihn vorher noch um ein Gespräch.

So sitzen wir nun in der Kneipe diesseits des Hafens und trinken einen schweren sizilianischen Wein. „Kennst Du die Geschichte von Erik und seinem Sohn?" frage ich ihn. „Ja, die kennen alle seine Freunde. Deswegen ist er doch damals fort."

„Und sein Sohn?" frage ich. „Der fährt auf einem Tanker" sagt er. „Von Norwegen nach Triest oder von Kuwait nach Triest. Bei der Reederei Stolt-Nielsen in Oslo".

Nun sollte es doch für mich ein Leichtes sein, den gegenwärtigen Schiffsort des Tankers, mit dem Eriks Sohn unterwegs ist, zu finden.

Vielleicht können wir Erik überraschen. Also bitte ich Kjell, beim Wiedersehen nichts von meinen Recherchen gegenüber Erik zu erwähnen. Noch am späten Nachmittag erfahre ich den aktuellen Standort von Marcs Schiff, es bedurfte nur einer kurzen Erklärung bei der Reederei.

Wir haben also noch fast zehn Tage Zeit bis Triest. Das ist nicht viel, aber zu schaffen. Aber wie soll ich John und Erik die plötzliche Eile erklären? Egal, mir fällt schon was ein, wenn sie fragen sollten. Ich bin jedenfalls erst mal glücklich. Und auf John wartet vielleicht ein Mädchen am Ziel unserer Reise. Darauf freut er sich schon seit Alicudi. Eric ahnt noch nichts vom Wiedersehen mit seinem Sohn.

Und ich?

Verdammt nochmal, was ist los mit mir. Die Nackenschläge und Enttäuschungen habe ich auf See verarbeitet. Das war doch das Ziel meiner Reise. Was denn nun noch?

„Alles o.k. Alter" denke ich und lehne mich zurück.

Morgen geht es wieder hinaus, es wird bestimmt eine ruhige Reise um die Spitze des italienischen Stiefels.

Als ich später mit meinen beiden Bordkameraden am Heck sitze und John wieder dieses Lied summt, ist die Welt in Ordnung, so wie sie ist. Zumindest auf See. Dazu passt die Stille, die keine ist, denn der Schwell der einlaufenden Wellen erzeugt zwischen den Schiffen ein ruheloses Schmatzen, Gurgeln, Rieseln und Rauschen, heute wie weitere zehntausend Jahre.

Und schon glaube ich ihn wieder zu sehen, den Albatros, der Inbegriff des Grenzenlosen, diesen Sturmsegler der südlichen Breiten, der gleichermaßen dem Meer, der Erde und dem Himmel angehört, mein Lieblingsvogel.

Der Weg ist das Ziel

Ein Morgen wie schon hunderte vorher, leichter Nebel über dem ruhigen Wasser und achteraus die Ansteuerung von Syrakus, John in der Kombüse und Erik am Steuer. Es riecht nach Rührei mit Schinken und Kaffee, den wir dann in Ruhe genießen wollen. Obwohl die Strömung aus dem Tyrrhenischen Meer gefühlt fast von vorn kommt, treibt uns ein frischer Westwind zügig nach Nordosten auf die offene See. Noch 250 Seemeilen bis Lecce oder 325 bis Bari an der Ostküste Italiens. Das sind gut 3 Tage unter Segel wenn das Wetter so bleibt. Mit dem Erreichen des Ionischen Meeres wird sich auch die Strömung abschwächen. Dann sind es noch etwas mehr als 400 Meilen bis Triest in der oberen Adria.

Zum ersten Mal denke ich daran, dass etwas dazwischen kommen könnte. Habe ich etwas übersehen in meiner Planung? Warum bin ich so unruhig? Eine Vorahnung? Sowas soll es ja geben.

Seeleute waren schon immer aber gläubig, durch jahrhundertealte aus einer unübersehbaren Reihe schwerster Erfahrungen hergeleiteten Überlieferung. Es waren einfache Regeln, organisch gewachsen, die Jeder respektierte. So gab es Dinge, die an Bord verpönt waren, unter keinen Umständen durfte Salz über Bord geworfen werden, wenn auch keiner sagen konnte, weswegen, es gehörte sich eben nicht.

Obwohl Seeleute alle gern singen, galt Pfeifen oder Flöten als nicht schiffsgerecht, schon gar nicht am Ruder, denn man holte damit Schlechtwetter herbei. Ich kenne noch den Spruch – An Bord pfeift nur der Bootsmann und der Wind.

Für guten Wind opfert mancher Segler auch heute noch eine Münze oder er wirft etwas Brauchbares über Bord.

Doch wenn es Unrat war, wurde es von Neptun nicht als Opfer anerkannt. Dann gab es unweigerlich einen „Kuhsturm". Dieser Ausdruck stammte noch aus der Zeit der alten Segelschiffe, die lebendes Vieh zum Schlachten mit auf die langen Reisen nahmen, früher auch Rinder. Wenn es also wieder mal Frischfleisch an Bord gab und die Janmaaten einen leckeren Braten auf der Back hatten, wurde Neptun neidisch, ließ es die Seeleute büßen und schickte einen Kuhsturm. Später wurden Schweine an Bord mitgenommen und wenn die Windjammer dann nördlich der Linie waren wurden diese dann geschlachtet und wenn das „Schweinewetter" auch nicht sofort losbrach, kommen tat es doch, meist bei den Azoren, so ist es nun mal in Neptuns Reich! Und Jeder, der auf dem Wasser zu Hause ist, kennt dererlei Geschichten.

Aber nein, heute ist das Meer ruhig. Das auf- und abschwellende Rauschen der Bugwelle beruhigt mich. Leichte Magenschmerzen bekämpfe ich mit einem doppelten Whisky, hat immer geholfen. Ich hab heute die Hundewache.

23.40 Uhr. John weckt mich mit einem starken Kaffee. „Wie siehst du denn aus?" fragt er mich. Noch im Halbschlaf registriere ich die Veränderungen in meinem Befinden.

Kalter Schweiß auf der Stirn, fiebrige Augen und Schmerzen am ganzen Körper. Doch nicht etwa wieder eine Fischvergiftung? schießt es mir durch den Kopf. Das hatte ich erst vor einem Jahr in Dalmatien, weit draußen in den Kornaten, wäre damals beinahe drauf gegangen. Diese Schmerzen kann ich jetzt wirklich nicht gebrauchen. Erik übernimmt meine Wache und John kocht mir einen Tee. Die Schmerzen sind schlimm, aber werden nicht stärker. Hier draußen auf See gibt es sowieso nur zwei Möglichkeiten: Zähne zusammenbeißen oder ein „Mayday" rauszuschicken und auf ärztliche Hilfe zu warten.

John will noch warten bis der Tag anbricht. In meinem Kopf ist ein dumpfes Rauschen. Gegen 04 Uhr bekommt John Funkkontakt mit einem achteraus mitlaufenden Fischtrawler, der einen Arzt an Bord hat. Dieser diagnostiziert eine starke Gastritis, kann auch Gallenkolik sein, setzt er noch hinzu. Da das Schiff fast mit unserer Geschwindigkeit trawlt, wäre er bei Bedarf jederzeit zur Übernahme bereit. Als John mir das sagt, falle ich in einen Halbschlaf, von Schmerzattacken unterbrochen. Bis dahin war ich immer davon ausgegangen, ich wäre unsterblich.
Aber was passiert, wenn es nicht an dem ist?

Nach meinen verrückten Jahren habe ich nicht das, was man Angst vor dem Tod nennt. Doch ich war auch nie übermütig mutig. Das ist etwas für Leute, die keine Phantasie haben.
Bin eher tapfer, denke ich. Wenn es soweit ist, werde ich mich nicht vor dem Tod davon stehlen, sollte ich aber fallen, stehe ich wieder auf. Ich fühle mein Fieber steigen, in meiner Koje suchen mich im Traum sämtliche Liebschaften meines Lebens heim.
Warum laufen plötzlich Bilder meiner Kindheit in meinem Kopf ab? Bilder meiner Jugend? Nein, es ist noch nicht soweit, es ist nur das Fieber.

Meine Kindheit kurz nach Kriegsende war geprägt von Entbehrungen und ich habe es nicht mal gemerkt. Mit Schulbeginn wurde es anderes. Die Eltern meiner Mitschüler konnten die Lehrer mit Lebensmittel-Geschenken beeinflussen, es war 1951, Nachkriegszeit. Meine Eltern konnten und wollten das nicht. So wurde ich ein Außenseiter, den man ärgern kann und der die schlechteren Noten bekam.
Nach einer schweren Operation im Alter von zehn Jahren wechselte ich die Schule und lernte trotz einer einjährigen körperlichen Behinderung von nun an verbissen.

Auch als Klassenbester war ich nun wieder ein Streber aber kein Außenseiter mehr. Die folgenden Schuljahre verliefen etwas ruhiger. Die Zeit auf der EOS tat mir gut. Bilder huschen durch meinen Kopf. Warum bin ich denn nicht Grafiker geworden, wie ich es gerne wollte? Bücher mit viel Phantasie zu illustrieren war mein Traum. Meine Eltern hatten keine Beziehungen, so lernte ich eben mit Erfolg Dreher und konnte die Lehre vorzeitig erfolgreich beenden. Mein Ehrgeiz wuchs, schon damals interessierte ich mich nicht sonderlich für den Gelderwerb, ich wollte Anerkennung. Was einem 70 Jährigen doch für Gedanken durch den Kopf spuken, wenn plötzlich abgerechnet wird.

Als ich 12 wurde, war ich Anführer einer „Kinder-Gang" am Flussufer unweit unserer Wohnung. Ich plante Abenteuer und Streifzüge. Mit 15 Jahren erzählte uns ein Mitschüler von einer vermeintlichen „Hexe", die die Zukunft aus der Hand lesen konnte. Natürlich gingen wir hin. Sie hat uns Kinder damals weggejagt. Mit fast 17 Jahren ging ich allein hin und gab mich als 18 Jähriger aus. Sie besah lange meine Handfläche und sagte dann: „Dein Leben dauert 50 Jahre".

Ich hab den Sinn nicht verstanden, aber dieser Satz hat mein späteres Leben völlig verändert. Von nun an meinte ich zu wissen, wie lange ich noch lebe. Und ich lebte schnell und viel intensiver als andere Menschen, ich hatte ja nur noch 32 Jahre.
Wieder rauschen Bilder durch meinen Kopf, als Handballer, als Radrennfahrer, als Boxer und schließlich als begeisterter Segler. Ich lernte Menschen kennen und suchte meinen Platz Immer vorn, mich hinten anstellen konnte ich nicht. Als Fahrtenleiter, als Trainer, als Vereinsvorsitzender, als Abteilungsleiter und Betriebsleiter.
Ich eignete mir den autoritären Führungsstil an und der Erfolg kam, weil ich es wollte. Dabei merkte ich gar nicht, dass ich ein mittelmäßiger bis schlechter Vater wurde.

Ich war stolz auf unsere Kinder, Tochter und Sohn, aber Zeit hatte ich für sie nicht, auch nicht für meine Frau, die alles allein für die Familie tat.

Ist das Schweiß auf meinem Kissen oder sind das Tränen?

Und wieder sehe ich den Albatros. Er gleitet dicht überm Wasser ohne Flügelschlag und ohne zu fressen, tagelang, hochmütig, majestätisch. Dieses Fabelwesen scheint sich vom Wind zu ernähren.

Und ich erwache aus dem Fiebertraum.

„John, bring mir bitte noch etwas von dem Guten aus den schottischen Highlands."

„Willst du dich umbringen?" fragt John zurück.

Er kennt meine Antwort, das machen nur Feiglinge.

Ich trinke gierig, viel zu schnell für diesen köstlichen Tröster. Dann schlafe ich ein.

Eine weitere Schmerzattacke lässt mich aufstöhnen. Schon ist Erik neben mir. John steht jetzt am Ruder. Ich höre das laute Knacken der Schoten auf den Winschen, also ist Druck in den Segeln.

Immer wenn der Bug tief eintaucht, höre ich das Klatschen der Gischt auf dem Oberdeck. Als der Schmerz etwas nachlässt, sinke ich zurück in einen schweißnassen Schlaf. Wirre Träume jagen mich durch mein bisheriges Leben.

Großmutter nannte mich manchmal „Sonntagskind", ich seh´ sie vor mir. Nur weil ich sonntags geboren bin? Später glaubte ich wirklich daran, weil es ständig aufwärts ging.

Ich hatte viele interessante Begegnungen, schon als Kind, damals ohne mir dessen bewusst zu sein. 1955 mit 10 Jahren wurde meine Mutter zu einer Mütterfreizeit für aus Schlesien Vertriebene nach Goslar eingeladen. Wir speisten mit dem damaligen Landwirtschaftminister F. von Kessel.

1961 besuchte Juri Gagarin meinen Lehrbetrieb in Erfurt und ich durfte mit am Tisch sitzen und mit ihm sprechen. Leider war mein Russisch miserabel, sodass ein Dolmetscher für ein paar Sätze einspringen musste. Damals war ich tief beeindruckt von diesem vitalen kleinen Mann mit den überbreiten Schultern, der die Erde umkreist hatte.

1962 auf dem Segel-Schulschiff „Wilhelm Pieck", heute „Greif", machte ich als Kadett einen Törn mit dem 79-jährigen Kapitän Ernst Weitendorf, ehem. Kapitän des 5-Masters „CARL VINNEN".

1965 während meiner Armeezeit in Leipzig gab mir mein Zimmergenosse, der Kellner im Hotel „Deutschland" war, eine Freikarte für ein Konzert, der Musiker wohnte in diesem Hotel. Der Musiker war Louis Armstrong. Nach dem Konzert tranken wir zwei in einem Nebenraum unser Bier als kurz vor Mitternacht Satchmo an unserem Tisch vorbei ging und uns völlig überraschend zu einem Glas Sekt einlud. Nicht erst seit dem bin ich Fan von ihm.

Später saß ich noch mit einigen interessanten Menschen am Tisch, mit Sigmund Jähn in der Erfurter „Steigerterrasse", mit Thor Heyerdahl auf dem gleichnamigen Toppsegelschoner am Kieler Bahnhofskai anlässlich eines Jubiläums des Schiffes.

Alles Zufall?

Meistens war ich einfach im richtigen Moment am richtigen Platz. Obwohl es mir im Nachhinein schon seltsam vorkommt. Vielleicht war ich einfach nur aufmerksamer und sensibler als andere Menschen. Ich musste ja auch schneller leben, lt. Wahrsagerin.

Beim Erwachen spüre ich zwar den Schmerz immer noch. Aber auch etwas Befriedigung. Ich habe meine Zeit genutzt und hinterlasse etwas. Als ich versuche, von meiner Koje aufzustehen merke ich, dass ich festgebunden bin.

Deutlich Spüre ich auch eine erhebliche Krängung des Schiffes, also hat der Wind nochmal zugenommen.

Ich wäre wohl auch gar nicht auf die Beine gekommen. Apathisch sinke ich wieder zurück in den nächsten Fiebertraum. Hoffentlich kommen die beiden da oben an Deck ohne mich klar.

In meinem Kopf brandet alles durcheinander.

Und ich höre einen Gesang: two steps from heaven…………

Also doch.

Habe ich lange gelegen oder waren es nur Minuten?

Vor den Bulleyes ist es dunkel. Da ich die Stimme von Erik an Deck höre, muss es schon die Mitternachtswache sein. Von stechenden Schmerzen geschüttelt falle ich wieder in einen Halbschlaf.

Ich sehe einen jungen Mann mit silbernem Ankerkettchen um den Hals und Elvis-Locke, der seinen Platz im Leben sucht und mit 19 noch keine Erfahrungen mit Mädchen hat. Wenig später trifft dieser Junge auf ein aufgewecktes junges Ding und sie verloben sich. Dann holt ihn die Armee. Als drei Monate später eine Wohnung frei wird, heiraten sie. Eine eigene Wohnung! Erst ein Jahr später, nach dem Wehrdienst, lernen sie sich eigentlich kennen. Das erste Kind, eine Tochter, wird drei Jahre später geboren. Das lag nicht an völliger Unkenntnis, aber wohl am gemeinsamen Suchen und einander Finden. Es war ein recht guter Lebensabschnitt, der fünfzig Jahre anhielt.

Später hat der größer gewordene Junge vieles nachholen wollen und Beziehungen zu einigen Frauen aufgenommen, ohne Erfolg und ohne das erhoffte Glück. So hat er sich in Arbeit und Sport gewühlt und die gesuchte Anerkennung gefunden, Auszeichnungen im Dutzend. Der Ehrgeiz war aber noch nicht befriedigt. Auch unehrliche und ignorante Wegbegleiter konnten ihn nicht stoppen.

Aber dann begann ein Gerüchtespektakel, ein markantes Beispiel dafür, wie man besonnene Menschen durch die Verabreichung von Achtel-, Viertel- und Halbwahrheiten manipulieren kann.

Dieser Scheißschmerz über jeden Verrat sitzt tief.

Der Schmerz, da ist er wieder. Eine besonders hohe Welle hat das Schiff erzittern lassen. Ich will raus, an Deck. Wenn schon sterben, dann im Angesicht des Meeres.

Für mich war es ein Schrei, für John musste es wie ein Wimmern geklungen haben. Aber er steht sofort neben meiner Koje. Stützt mich auf dem Niedergang und legt mir Rettungsweste und Lifebelt an. Erik nickt mir ernst und aufmunternd zu.

So sitze ich schmerzverkrümmt auf der Bank an die Aufbauten gelehnt bis ich das Bewusstsein verliere. Das letzte Bild ist eine über die Reling steigende Welle, so als wollte sie mich holen.

Der Himmel kann warten

Grelles Licht blendet mich. Keine Schmerzen. Eine Stimme sagt: „era vicino!" (Das war knapp!)
Wo bin ich? Was machen all diese Leute in weißen Kitteln hier auf dem Schiff? Nein, ich bin nicht auf dem Schiff.
Ich kann das vertraute salzwasserduftende Meer nicht riechen, auch nicht das vertraute Rollen der Wogen fühlen.
Beim nächsten Erwachen steht ein Arzt vor meinem Bett.
„Sie wurden uns von einem Rescue-Heliokopter gebracht. Sie hatten eine perforierte Galle, die wir entfernen mussten.
Ihre Yacht läuft morgen früh im Hafen von Bari ein."
„Tutto perfetto," setzt er noch auf italienisch hinzu.
Naja, „perfekt" ist wohl leicht übertrieben, wenn man gerade dem Tod von der Schippe gesprungen ist. Diese Scheißkrankheiten habe ich in meinem Leben nicht eingeplant. Dafür habe ich keine Zeit, jetzt wo ich nicht mehr kämpfen muss, will ich leben. Anders, als ich das früher definiert habe.
Noch einen weiteren Tag dümple ich im Halbschlaf fast schmerzfrei dahin bis ich vertraute Stimmen höre.
„That was really close" stellt John fest.
Ja, mir ist bewusst dass es hätte schief gehen können.
Und Erik brummt etwas vor sich hin, was klingen sollte wie „Alter, du bist noch nicht dran." Das ist doch tröstlich.
John zieht eine kleine Flasche Single Malt aus der Jacke. Mit „Hier, riech mal" gibt er sie mir. Ich habe tief eingeatmet und danach fehlte ein klein wenig in der Flasche.
Aaaah, tut das gut, dachte ich.
„Übermorgen nehmen wir dich mit" macht mir John Mut. „In vier Tagen sind wir in Triest, alles wird gut."

Mit einem mittelgroßen Karton mit Tabletten und Verbandsmaterial verlassen wir 3 Tage später die Klinik. Im Hafen von Bari ist unglaublich viel Betrieb. Bari gehört zur Region Apulien und ist ein wichtiger Fährhafen, vor allem nach Dubrovnik und Korfu. Es gibt drei Marinas für Sportboote, aber John hat sich für den malerischen Fischereihafen entschieden. Nach fast drei Tagen hier sind meine beiden Kameraden froh, bald wieder auf See zu sein. Erik meldet uns beim Hafenkapitän ab und die Leinen werden eingeholt.

Für mich ist es ungewohnt, untätig zuzuschauen. Kursberechnungen, Wetterbericht einholen und Technik-Check ist sonst meine Aufgabe. Auch Mitarbeit beim Segelsetzen und Deckaufklaren.

Die Adria meint es gut mit uns, ein mäßiger Jugo (eine Art Scirocco) weht von steuerbord achtern und verspricht eine ruhige Fahrt.

Mit John und Erik bespreche ich die letzte Woche.

Nachdem ich nicht wieder auf die Beine kam, holte sich John per Funk Unterstützung und Rat mit einem Medico-Gespräch in Rom. Die italienischen Ärzte diagnostizierten eine starke Gallenkolik mit dringendem Handlungsbedarf. So traf schon Stunden später der Hubschrauber zum Abbergen ein. In Bari wurde mir dann die Galle entfernt, gerade noch rechtzeitig. Das hat mich nachdenklich gemacht. Bin ich wirklich vorbereitet auf diesen letzten Gang, wohin auch immer?

Während der letzten Sätze und meiner Fragen war Erik schon unter Deck. Ich roch den köstlichen Kaffeeduft. Als er dann mit einem großen Teller mit einem Steak, mehreren Spiegeleiern und Röstbrot erschien, spürte ich neue Kraft.

210 Seemeilen bis Ancona, das sind für uns fast zwei Tage. Es sei denn, der Wind wird stärker.

„Du hast im Fieber verzweifelt wirres Zeug gerufen, manchmal auch gelächelt. Versöhne dich mit deinem Leben und finde deinen Frieden, wie wir" mahnt John am Abend, als wir drei schweigend am Heck sitzen.

Ist es diese warme Dunkelheit, dieses schmeichelnde Wiegen der Yacht vor dem Wind, die Nähe der Freunde und Kameraden? Oder diese unendlich tiefe Weite mit Billionen blankgeputzten Sternen und dem penetranten Geruch von Freiheit?

Ich bin mir nicht sicher, warum ich plötzlich erzähle. Es fühlt sich ein bisschen an wie sich häuten, die Seele entlasten.

John hat es geschafft, den Tod seiner Frau seelisch zu überleben und vielleicht wartet in Triest eine alte neue Liebe auf ihn.

Erik hat seine Frau, den Sohn und sein Schiff verloren und fast auch sein Leben. Er ist sicher nicht das was man „Draufgänger" nennt. Er ist aber ein guter Seemann und hat sich nicht aufgegeben, nachts in der irischen See. Er war tapfer und hat an Rettung geglaubt, an diese 5%- Chance.

Und ich?

Kann man all das nachholen, was man versäumt hat?

Die Zeit mit den kleinen und später heranwachsenden Kindern?

Die nicht genutzte Zeit mit der Familie?

Nein, kann man nicht.

Das Bedauern, zwei Menschen sehr weh getan zu haben, kommt zu spät. Definitiv.

Dann der Verlust der Mutter unserer Kinder durch eine nicht umkehrbare Krankheit. Zuviel für meine Psyche.

Denn da sind ja auch noch die Narben der vielen Verwundungen an Körper und Seele, die nicht geschlossen sind.

Bis ich einen ehrlichen Freund wieder entdeckte, die See. Sie verspricht nichts, gibt mir mehr als sie mir nehmen kann.

Einen Teil meiner Wunden hat sicher dieser Törn geheilt. Einen anderen Teil auch ein spätes Glück, mit einer guten Partnerin. Die Ruhe ist bei mir eingekehrt, mein Ehrgeiz „die Welt zu retten" ist verflogen. Und ich habe erkannt, dass ich nicht unsterblich bin.

Erik und John haben still zugehört, danach ist es lange Zeit ruhig an Deck. Dann legt mir John wortlos die Hand auf die Schulter, ich blicke auf den erhobenen Daumen seiner anderen Hand und ein rauhes „All right" entringt sich seiner Kehle.
Erik steht schon mit drei Gläsern vor uns und als ich mit beiden anstoße weiß ich, dass unser Törn nicht umsonst war, das Leben geht weiter.

John trägt unseren Standort in die Karte ein und holt den Wetterbericht per Funk. Noch 24 Stunden bis Ancona. Die Nacht wird bald dem Morgen weichen.
Erik hat eigentlich Freiwache, doch er geht nicht in die Koje, er steht vor dem Masch. Ich sitze bei John, der das Ruder führt, der lächelt und mit einen Nicken des Kopfes auf Erik deutet.
Jetzt höre ich Worte eines Liedes, unbekannt und dennoch vertraut, es scheint aus der Takelage zu kommen, wird lauter. Erik singt.
„Do fölte, hvor de for at landets lykke var ombord...."
Ich schließe die Augen, höre nur noch das Rauschen und Brechen der mitlaufenden Wellen, sauge die salzige Luft des Meeres und das Lied dieses norwegischen Seemanns in mich hinein. Das Lied handelt vom Meer, von der Seefahrt, das fühle ich. Und an einer Stelle sang Erik vom Olavkreuz. Ich werde ihn fragen.
Eine ganze Weile bleibt es still. Dann erzählt uns Erik von dem alten „Norsk Sjömannssang", ein norwegisches Seemannslied von 1867.

Der Text beginnt mit der Zeile „ Sie wurden an Bord, wohin sie auch fuhren, begleitet von den Glückwünschen ihres Landes."
Und das Olavkreuz? „Es ist ein rotes gleichschenkliges Ankerkreuz, Zeichen von Olaf II. Haraldson der Normandie um 1000 n. Chr." sagt Erik. Also aus der Wikingerzeit, denke ich.
Und Erik setzt hinzu: „Das ist unser bekanntestes Seemannslied."
Und ein sehr schönes, denke ich.

Wenig später zeigt John auf den Horizont.
Am westlichen Himmel hoch oben beginnt eine zarte Wolke im Tiefblau der Nacht verhalten mit einem leichten Rotschimmer zu leuchten. Der Morgen kündigt sich an, eine Stunde vor Sonnenaufgang, dieses Erlebnis wollen wir nicht verpassen. Das Deck ist feucht vom Morgentau und der auffrischende kühle Wind macht uns frösteln.
Ich gehe in die Kombüse und bereite uns einen Irish Coffee, wie zu Beginn der Reise, an dem wir uns die Hände und die Seele wärmen können. Noch drei Stunden bis zum Frühstück.
Danach übernehme ich das Ruder.
Wenn der Wind so bleibt, sind wir spät abends in Ancona.
Inzwischen ist die Kimm ein einziger goldener Strich, der das dunkle Meer scharf von diesem leicht magentafarbenen Himmel trennt. Im Osten erscheint ein heller Punkt, der schnell größer wird. Die Sonne taucht aus dem Meer und zeichnet ihren Weg mit blass goldener Schrift auf das Wasser, nur noch wenige Minuten und der Zauber ist vorbei.

Es ist früher Vormittag.
Ancona ist das heutige Ziel. In diesem Hafen war ich mal vor über 20 Jahren. Wir lagen damals in der Marina Dorcia.
Hat mir nicht gefallen, zu weit weg von der Altstadt. Andererseits aber ruhig, weil abseits vom großen Fährverkehr.

Im Stadthafen laufen fast stündlich große Fähren ein und aus.
Der Schwell im Hafenbecken ist beträchtlich.
So entschließen wir uns, an der Mole Vanvitelliana im hinteren Teil des Hafens anzulegen. Schon von Weitem sieht man das aus roten Ziegeln gebaute Pentagon, damals gedacht als Hafenbefestigung, in späteren Jahrhunderten als Lager und als Lazarett genutzt.
Heute beherbergt die Anlage ein Museum und es finden hier viele kulturelle Veranstaltungen statt.

Hafen Ancona

Für uns ist entscheidend, dass sich ganz in der Nähe das Ristorante Stamura befindet, mit dem ich schöne Erinnerungen verbinde; gutes Essen, freundliche Leute, Livemusik.
Hier wollen wir einen letzten gemeinsamen Abend verbringen, denn in Triest soll die Trennung kurz und schmerzlos sein.

Der Wind hat nachgelassen, ist fast eingeschlafen, das ist nicht selten in der mittleren und oberen Adria, die gestern noch frische Brise lässt uns im Stich und die See schwappt nun fast zärtlich gegen unsere Bordwand, so als wüsste sie, dass es für uns die letzten 300 Seemeilen sind. Wir sitzen in der Nachmittagssonne an Deck und jeder hängt seinen Gedanken nach. Weit voraus kreuzt eine Fähre unseren Kurs, mit über 20 Knoten Geschwindigkeit. Unser Log zeigt nur 2,5 Knoten an. So dümpeln wir die Ostküste Italiens hinauf, etwa auf der Höhe des kroatischen Hafens Split.

Das wird wohl heute nichts mehr mit Ancona. Die See ist so sanft heute, das hätten wir uns in der irischen See mal gewünscht, tausendfaches Funkeln der Wellen im Gegenlicht der tiefstehenden Sonne. Ein leichter Maestral-Wind steht in den Segeln. An Backbord sehen wir schon die ersten Lichter der Hafenstadt Pescara.
Also sprechen wir über Ancona. Damit es nicht ganz so trocken wird, holt John zum letzten Mal eine Flasche vom guten schottischen aus seinen Beständen.
Aufmerksam schauen wir zu, was er da auspackt. John gießt ein und wir genießen diesen fruchtigmalzigen, leicht rauchigen Geschmack. Vor gut 20 Jahren habe ich Dalhwhinni, die höchstgelegene Brennerei im Herzen des majestätischen Cairngorms Nationalparks in den schottischen Highlands besucht. Das verwendete Wasser ist hier ein ganz spezielles, es stammt von geschmolzenem Schnee und die Destille ist eine der wenigen, die statt Edelstahltanks noch hölzerne Fässer verwendet. Das blieb mir im Gedächtnis und ich habe auch später diesen Whisky ab und zu gekauft.
Dann kommt das Gespräch wieder auf Ancona zurück. Die Stadt an der italienischen Adriaküste ist die Hauptstadt der Region Marken.

Ich kann mich noch gut an den herrlichen Strand Spiaggia del Passetto erinnern, weißer Sand und soweit man sehen kann Strandliegen und Sonnenschirme.

Wir haben ja morgen Zeit und sollten unbedingt die auf einem Hügel gelegene Kathedrale von San Ciriaco besuchen.

Auch der Brunnen mit den mythischen Masken aus Bronze, die Fontana del Calamo, ist sehenswert und natürlich der antike Trajansbogen. Am anderen Ende der Stadt auf einer künstlichen Insel steht das fünfeckige Gebäude, Lazaretto genannt. Hier wollen wir anlegen und uns die Stadt ansehen.

Zum Wachwechsel übernimmt Erik das Ruder. Wir sitzen noch eine Weile zusammen, dann rolle ich mich in die Koje.

Meine Wache beginnt erst früh um 04.00 Uhr. Wenn der Wind sich nicht ändert, sind wir gegen 10 Uhr im Hafen fest.

Der Wind blieb stetig, sodass ich eine ruhige Wache bis früh 08.00 Uhr hatte und Zeit, das Frühstück vorzubereiten. Der Tag verspricht, schön zu werden, leichter Wind und viel Sonne.

Im Kielwasser einer kroatischen Fähre aus Zadar laufen wir ein und finden einen guten Liegeplatz am Pentagon. Wenig später sind wir schon auf dem Wegs zur Kathedrale San Ciriaco.

In der heutigen Gestalt entstand dieser Dom zwischen dem
11. und 13. Jahrhundert auf dem Gipfel des Monte Guasco.
Auf diesem ältesten Siedlungskern der Stadt befand sich in
römischer Zeit ein Venus-Tempel. Dass dieser Bau nach
Nordosten orientiert ist, weist auch auf die Bedeutung des
Gebäudes als Orientierungspunkt für die Seefahrer hin.
Von hier aus genieße ich den wunderbaren Blick über Land und
Meer, auch John und Erik sind sichtlich beeindruckt.
Nach einem letzten Blick seewärts steigen wir wieder hinab.

Da es schon Mittagszeit ist, lassen wir den Besuch des
Trajansbogens aus und nehmen stattdessen einen kleinen
Imbiss. Dann geht es weiter zum Brunnen Fontana del Calamo.
Dessen Wasser habe ich bei meinem ersten Besuch hier nach
einer alten Tradition getrunken, denn wer es trinkt kehrt zurück
in diese Stadt. Bereits in der griechischen Epoche befand sich
hier ein Brunnen, der im Mittelalter in die Stadtmauer
eingegliedert wurde.

Dreizehn wasserwerfende Masken von Satyrn und Faunen aus Bronze empfangen ihr Wasser vom städtischen Aquädukt von Monte Conero, früher haben sie das Wasser aus einer großen Zisterne gezogen, die sich hinter der Mauer befand.

Da die Sonne uns durstig gemacht hat, trinken wir drei gerne von dem frischen Wasser, auch wir wollen wiederkommen.

Die Stadt hätte noch einiges an Sehenswürdigkeiten zu bieten, aber wir sind müde vom Laufen und wollen zurück zum Schiff, Segler halten in der Regel nicht viel vom Laufen, sie laufen nur soweit wie ihr Schiff lang ist, sagt ein Spruch. Nun sitzen wir im Cockpit, trinken Kaffee und freuen uns auf heute Abend, Erik hat uns ein Lokal empfohlen.

Das „Ristorante Stamura" liegt auf der Insel im hinteren Teil des Hafens, fünfzig Meter von unserem Schiff entfernt. Da es erst 19.30 Uhr öffnet, machen wir noch einen Rundgang durch die Anlagen des ehemaligen Lazaretts, heute Museum und Kulturstätte. Als wir zurückkommen, ist es höchste Zeit. Das Lokal ist fast voll und wir haben nicht reserviert, aber es klappt noch.. Heute würde ich gerne leckeren Fisch der Adria essen.

Der Gewölbekeller hat sehr viel Atmosphäre. Nach dem Studium der Speisekarte erklärt sich mir, warum die Plätze hier so begehrt sind. Sehr verlockende Speisen zu außerordentlich günstigen Preisen. Wir lassen uns erst mal bei der Wahl des Weines beraten. Natürlich ein weißer aus der Region Marken.

Der empfohlene „Oasi degli angeli Kurni Jahrgang 2015" ist mir unbekannt, die Liter-Flasche im hohen €-Bereich. Was soll's, wir haben viele Wochen sparsam gelebt. Schon bei der Probe weiß ich, dass wir nichts falsch gemacht haben. Toller Wein! Etwas später habe ich mich auch für die Speisen entschieden.

Ich nehme eine Vorspeise von Meeresfrüchten und Fisch „Antipasti de pesce" und als Hauptspeise schwarze Teigtaschen gefüllt mit Seebarsch und Schnittlauch an Kirschtomaten.
Sehr zufrieden verlassen wir zwei Stunden später den gastlichen Ort und entern nach wenigen Schritten unser Schiff.

Nun sitzen wir wieder im Cockpit und reden von der Zeit auf See und den Erlebnissen. Es war eine tolle Zeit, nichts war geplant, nicht dass ich John treffe und auch nicht, dass wir Erik das Leben retten.
Es war eine wunderbare Zeit auf See, die uns gut getan hat.
Und trotzdem bleiben Fragen.
Werden wir uns nach Triest jemals wiedersehen?
Wird John die Frau seiner Träume treffen und ein zweites Glück finden? Werden sie gemeinsam segeln?
Werde ich nach einem nahezu verkorksten Leben meine Ruhe finden und mit meiner Ola glücklich werden?
Werden mir meine Kinder die verlorene Zeit verzeihen?
Wird mir die Überraschung gelingen und Erik wieder zu seinem Sohn finden?
Niemand weiß es.

Heute Abend sitzen wir drei schweigend und in Gedanken verloren auf den Bänken am Heck und jeder hängt seinen Gedanken nach.
Was kann man gegen diese verdammte Traurigkeit tun?
Es ist nicht nur der Tau, der vom Segel tropft und auf die Planken fällt.
Schmutziges Wasser schwappt schwarz gegen die Kaimauer und der schwimmende Müll reflektiert das wenige Licht. Die Laternen am Kai haben eine funzlige Helligkeit die nur dazu dient, dass man nicht dagegen rennt.

Ab und zu schleicht sich ein leichter Schwell heran und beschert uns ein leichtes Schaukeln.

Ein engumschlungenes Pärchen drückt sich in eine der Nischen des alten Gemäuers, kurz darauf unterbricht ein jubilierendes Lachen die Stille, eine Männerstimme folgt etwas heiser.

John lächelt und steigt hinab in unseren Salon. Er schenkt ein und bleibt stehen. Als wir auch aufstehen, prosten wir uns zu mit dem guten alten irischen „Sláinte".

Plötzlich stellt John sein Glas ab und umarmt uns.

„Thank you for everythink."

Wofür?

Wohl eher für die Freundschaft, denn gute Seemannschaft und Kameradschaft sind auf See selbstverständlich. Solche Gedanken kommen oft, wenn man sich trennen muss. Dieses Scheißgefühl der endgültigen Trennung tut so weh.

Es sind nicht nur die Freunde, in meinem Alter ist es auch die Trennung vom Meer. Werde ich nochmal die Kraft für einen Langtörn haben?

Muss ich mich von den Seekameraden trennen?

Viele Fragen, keine Antwort.

Oder doch. Wir könnten weiter segeln? Hinüber zur kroatischen Küste und dann nordwärts, beginne ich zu spinnen. Das kommt bei mir von diesen Hafennächten, die so traumhaft und auch grausam schön sein können. Die Seele schwebt oben in der Takelage. Auf all das wollen wir verzichten?

Der leichte Schwell wurde durch eine auslaufende Yacht verursacht.

Ist das die Antwort?

Erik weiß ja nichts von dem geplanten Treffen mit seinem Sohn Marc in Triest. Mich fröstelt. Nein, schon der Gedanke wäre Verrat an unserer Freundschaft. Triest muss sein.

Da auch die anderen Beiden schon eine Weile schweigsam in Gedanken versunken in der Plicht gesessen haben, den beginnenden Abschiedsschmerz mit Whisky nährend, gebe ich ihnen ein kurzes „Bis morgen" und rolle mich in meine Koje.
Im Traum steht er wieder reglos über mir, der Albatros.

Dalmatien als Zugabe

*I*rgendetwas hat mich geweckt, vielleicht war es der Albatros. Als ich meinen Kopf aus dem Niedergang stecke, fühle ich den Morgentau auf dem Teakholz, es ist noch dunkel und doch sehe ich die Yachten auf der gegenüber liegenden Hafenseite deutlich. Während das Kaffeewasser im Alu-Kessel zu blubbern beginnt, bereite ich In Gedanken den heutigen Törn vor. Wenn wir guten Wind haben, sind wir morgen Abend in Triest. Ob der Tanker, das Schiff auf dem Marc fährt, auch schon da ist?

Ein Seefunkgespräch wird mir Gewissheit geben.

Während ich den heißen Kaffee schlürfe, lasse ich mich von der Küstenfunkstelle mit dem Funker verbinden. Nach fast zehn Minuten steht eine Verbindung.

Ja, das Schiff ist unterwegs mit Zielhafen Triest, kommt aber frühestens nächste Woche an. Da war also die Eile umsonst. Da können wir uns in Ruhe diese große Hafenstadt ansehen.

Oder doch Dalmatien besuchen? Oder Beides ?

Auch Erik kommt jetzt aus seiner warmen Koje gekrabbelt. Er trinkt seinen Kaffee und löst John am Ruder ab.

Ein tiefes langgezogenes „Jaaa" begleitet Johns ersten Schuck aus seiner Mug. Als er die Tasse abstellt, nutze ich die ruhige Stunde.

„Wir haben noch eine Woche Zeit bis Triest. Wie wäre es mit einem Abstecher nach Dalmatien?" frage ich ihn und hoffe, er ist noch nicht seemüde. Aber nein. Nach einer kurzen Weile antwortet er mit „Ja, warum nicht!?"

Wir hocken uns zu Erik auf die „Lügenbank" und unterbreiten ihm den Vorschlag. Auch er ist nicht abgeneigt.

"Mal etwas Landluft schnuppern", sagt er.

Also dann quer über die Adria, Kurs Nordost.

Besonders freue ich mich darauf meine Freunde in den Häfen, die ich in 20 Jahren viele Male besucht habe, wiederzusehen Trogir wäre so ein Hafen.

Mit ruhigem Raumwindkurs bei leichtem Jugo nähern wir uns der kroatischen Küste. Das ist mal Genuss-Segeln. Entspannt zu dritt im Cockpit sitzend, genießen wir den Tag.
Als vor uns die martialischen Festungstürme in der Einfahrt auftauchen, tanken wir schon etwas dieses Feeling. Im Yachthafen machen wir fest und trinken das Anlegebier mit Blick auf die kleine Insel, die mit der Altstadt über eine Brücke verbunden ist.

Erinnerung an den ersten Besuch dieses Hafens in den neunziger Jahren tauchen auf. Damals lagen wir am gleichen Liegeplatz bei strömendem Regen. Im Ölzeug ging es Richtung Brücke, dann in die historische Altstadt. Da alle einigermaßen trockenen Plätze waren besetzt waren, besuchten wir erst die Kathedrale und gönnten uns danach Eisbecher unter einem Regenschirm. Den Mittagsimbis hatten wir schon abgeschrieben.
Im offenen Raum unter einer Treppe suchten wir dann Schutz, nicht ahnend, dass hier eine kroatische Familie speiste. Plötzlich kam eine junge Kroatin und fragte uns, ob wir Calamari mit Kartoffeln und Mangold mögen.
Als wir bejahten, bekamen wir ein köstliches Essen und ein Glas Wein. Im Gespräch wurde uns dann klar, dass wir ungewollt Gäste eines privaten Mittagessens gewesen sind, in Deutschland kaum denkbar.
Am frühen Abend brechen wir wieder auf, nicht ohne zuvor beim Italiener gegenüber noch einen Espresso geschlürft zu haben. Die Ausfahrt zwischen den Inseln ist malerisch.

An der Backbordseite liegt die Festung KAMERLENGO, gebaut im
15. Jahrhundert. So wie heute Abend, von Scheinwerfern
angestrahlt, wirkt die Festung riesig.

Wieder im freien Wasser fliegt ziemlich tief über uns ein
zweimotoriges Wasserflugzeug und landet weit vor uns auf dem
Wasser. Nein es startet wieder durch. Sicher ein Feuerlösch-
Flugzeug während einer Übung, denn als es wieder Höhe hat,
lässt der Pilot das Wasser gleich wieder aus dem Tank rauschen.
Es fliegt nochmal an Steuerbord in geringer Höhe vorbei, winkt
und wir winken zurück. Diesmal lässt er beim Rückflug den
Wasserfall neben uns herunter sausen.
Diese Löschflugzeuge werden hier dringend gebraucht, da im
Sommer bei großer Trockenheit die Inseln oft brennen. Die
trockene Macchia entzündet sich und brennt dann manchmal
wochenlang. Kein schöner Anblick wenn man weiß, dass die
Bewohner nicht weg können. Doch heute ist es ruhig, mag an
dem satten Regen von vorgestern liegen. Erik, der hauptsächlich
im Atlantik segelt, ist von den vielen Inseln hier in Dalmatien
begeistert. Dabei liegt das Gebiet der Kornaten noch vor uns.

Diese einmalige Landschaft, die wir morgen früh bei Sonnenaufgang erreichen werden, wird von 152 Inseln und Inselchen beherrscht.

Und das Ziel?

Als wir zur blauen Stunde in der Plicht zusammen sitzen, spricht lange Zeit keiner, das Meer spricht mit uns. Dieses Murmeln, Zischen, Schmatzen und leises Grollen ist die Stimme der See, den einen lullt sie ein, den anderen erregt sie.

Erik scheint sie zu erregen. Ungeduldig fragt er nach unserem Ziel. John zuckt mit den Achseln. Scheint ihm egal zu sein.

„Warst du schon mal hier?" frage ich ihn.

„Nein, was sollte ich denn hier? Unsere Carriers fahren nicht zwischen den Inseln", brummt er. So kenne ich ihn doch gar nicht. Typisch Blauwasser-Segler, dem sind Inseln suspekt.

„Wir könnten noch Piskera oder IZ Veli anlaufen," schlage ich vor, „liegen beide auf unserem Kurs".

„Ok", knurrt John und Erik grinst.

Zum Abendessen gibt es Goulasch aus der Büchse und als Nachtisch Tee mit Rum. Dann werden die Wachen eingeteilt.

20 – 24 Erik

00 - 04 John

04 – 08 Hans

John bekommt also die „Hundewache". Ich die Morgenwache, weil ich die Kornaten am besten kenne. Gegen 05 Uhr müssten wir vor der Insel Piskera stehen, ein großer Haufen Steine mit ein paar Stegen und drei Häusern als Gaststätte, war schon oft dort. Man hat einen traumhaft schönen Ausblick auf die im Sonnenlicht weiß erscheinenden kahlen Inseln der Kornaten. Dazwischen das unwirklich blaue Wasser der Adria.

John liegt schon in der Koje, er will Mitternacht zum Wachwechsel fit sein. Die Adria verzeiht es nicht, wenn man auf den felsigen Grund aufläuft.

Ich rede noch eine Weile mit Erik, nachdem er eine Peilung in die Seekarte eingetragen hat. Wir sind auf Kurs, denn an Steuerbord taucht der Leuchtturm Kornati-Nord auf.

Piskera

Unvermittelt beginnt Erik zu sprechen, er, der bisher nur das Nötigste und immer kurze Sätze gesprochen hat, erzählt aus seinem Leben, von dem guten Anfang und dem bösen Ende. Er ist drüber weg, sagt er. Das glaube ich noch nicht ganz, denn als er von seinem Sohn Marc spricht, dem er in der Kindheit und auch später sehr gefehlt hat, zittert seine Stimme unmerklich.

Die ständige Abwesenheit des Vaters war wohl auch ein Grund für die Drogenabhängigkeit. Ich hoffe, Marc bald in Triest zu treffen, doch ich sage noch nichts davon.

Erik möchte die geplante Position für den Wachwechsel nochmal überrechnen und ich werde noch ein paar Stunden schlafen.

Nach einem kurzen Gruß bin ich schon im Niedergang verschwunden.

Mein Schlaf ist traumlos und tief wie lange nicht mehr.

Als John mich weckt, steht frischer Kaffee auf der Back, ein kurzer Bericht zu seiner Wache und die Übergabe der Position beenden seinen Dienst. Er hatte fast keinen Schiffsverkehr, nur zwei größere Einheiten, evtl. Kreuzfahrer, hat er in der Tiefwasserrinne gesichtet.

„Willst du wirklich in Piskera anlegen?" fragt er mich noch.

„Die Zufahrt hat eine Tiefe lt. Karte von 2,5 Metern und wir haben einen Tiefgang von 2,2 Metern".

„Nein, lieber kein Risiko" antworte ich. Ich werde den Kurs auf die Insel Silba absetzen, meine Trauminsel.

Wieder ein kurzes „Right" und er legt sich nochmal für zwei Stunden in die Koje. Ist mir recht, das gibt meinen Gedanken Raum.

Silba-Ost

Meine Gedanken wandern zurück zum Jahr 1997.

Ich kam gerade von einem Segeltörn in der dänischen Südsee zurück und gönnte mir einen ausgedehnten Spaziergang durch meine Heimatstadt. Nachmittag, die Sonne schien und die Stadt war voller Menschen, stand ich In Gedanken versunken vor einem Cafe, als ich hinter mir ein Klopfen an der Fensterscheibe hörte. Eine mir unbekannte junge Frau winkte mir zu, ich solle mich zu ihr setzen und neugierig geworden tat ich das dann auch.

„Wir kennen uns von Segelwettkämpfen vor ca. 20 Jahren", sagte sie. Dunkel erinnerte ich mich dann an Renate Drewo.

Doch was sie noch sagte, elektrisierte mich.

„Ich habe durch glückliche Umstände eine 58-Fuß-Yacht erworben und kann sie nicht ausreichend nutzen. Willst du sie segeln?" Als ich das Bild der Yacht sah, gab es für mich keine Zweifel. Eine Ketsch, Typ MIKADO 58, in Frankreich gebaut und nur noch selten zu sehen, das interessiere mich.

Ich besprach dieses Angebot mit meinem Sohn, der eine Wassersportschule leitete. Auch er war begeistert.

Und so begann eine 8 Jahre während Geschichte mit dieser Yacht. Wir segelten bis zum Jahr 2005 mit diesem Schiff, viele Male im Jahr.

Was hat das nun mit der Insel Silba zu tun?

Diese Insel hatte dem Schiff den Namen gegeben. Der Besitzer Johann Rott lief während des ersten Jugoslawien-Krieges Anfang der 90 er Jahre die Insel oft an und versorgte sie mit allerlei Gütern.

Ich war vorher nie auf Silba gewesen, hatte allerdings ein altes Buch von 1922 über das Adria-Segeln gelesen, in dem die Insel beschrieben wurde. Erwähnt wurde auch das für Segler gastfreundliche Haus von Milos.

Eben diesen Milos wollte ich suchen. Meinen ersten Besuch in diesem Hafen werde ich nicht vergessen.

Ich machte an der Pier für die Fähre aus Zadar fest. Ein junger Mann, augenscheinlich der Hafenmeister, half beim Festmachen. Als ich ihn nach Milos frug, erfuhr ich, dass sein Vater auch so heißt und dann erfuhr ich auch noch die Geschichte des Schiffsnamens. Ich hatte offensichtlich die Namensgeber dieses Schiffes gefunden.

Es folgten viele Besuche der Insel und schöne Abende bei Milos, besonders wenn Luigi, ein Bremer Junge, Schifferklavier spielte und Shanties sang.

Diese Insel fasziniert mich, sie liegt ziemlich weit vom Festland entfernt, es gab zu der Zeit meines ersten Kennenlernens keinen Fahrzeugverkehr.

Bis auf den Ort an der engsten Stelle zwischen Ost- und Westhafen ist das Eiland ursprünglich und unerschlossen. Überall duftet es betörend nach Kräutern.

Neben einem halben Dutzend Gaststätten gibt es eine wuchtige Kirche und einen kleinen Aussichtsturm, den ein Kapitän Peter im 19. Jh. für seine unerfüllte Liebe errichten ließ.

Oft saß ich auf einer Bank am Westufer und schaute aufs Meer, hinüber zur unsichtbaren Küste Italiens.

Später eröffnete der Sohn von Milos, Velimir S., direkt am Hafen ein Restoran, ich habe ich ihn viele Male mit wechselnden Crews besucht, so ist eine Freundschaft entstanden.

Auch dieses Mal freue ich mich auf die Insel, auf Milos und seine Frau, von mir „Mama Silba" genannt, ebenso auf Velimir und sein gutes Essen.

Meine beiden Bordkameraden erscheinen 08.00 Uhr an Deck. Nach den Wolken zu urteilen wird es ein guter Tag. Erik hat die Backschaft übernommen und bereitet das Frühstück vor, wie jedes Mal vor einem Landfall gibt es „ham and eggs", schöner zarter Schinken mit jeweils zwei Spiegeleiern gebraten, dazu Kaffee. Das Steuern übernimmt jetzt der Autopilot. Mein Blick gleitet in die Ferne, überall offenes Wasser, an der Kimm ein blassblauer Streifen, die Insel Silba.

Als wir dann gegen Mittag vor der Insel auf hellem Sand ankern, ist die Welt in Ordnung. Direkt gegenüber liegt der Osthafen und das Restoran von Velimir.

Voller Übermut springen wir ins glasklare Wasser und genießen den Nachmittag. Unter Wasser kann man sehr weit sehen, auf dem weißen Sand am Grund bewegen sich die Sonnenflecken im Rhythmus der Wellen. Beim Auftauchen bemerken wir einen betörenden Duft von Kräutern, der uns von der Insel herüber weht, begleitet vom Glockenschlag der Inselkirche.

Restoran Silba

Sonst eine wunderbare Stille. Wir schwimmen zum Badestrand und rekeln uns in der Sonne, während das Salz auf der Haut kristallisiert. Als es uns zu warm wird, bummeln wir zur Westküste der Insel, über breite Wege gesäumt von hohen Natursteinmauern, dahinter alte Bäume auf großen Grundstücken und kaum Menschen in unserer Nähe.
Über die sonnendurchfluteten Wege mit lichter Bebauung rechts und links schlendern wir zum Westhafen.

Hier befindet sich nur eine große Betonpier für die Fähre und die Versorgungsschiffe. Selbst das Wasser muss vom Festland mit einem Tankschiff gebracht und in eine große Zisterne gepumpt werden. Der Strand besteht hier aus walnussgroßen Kieselsteinen, die von den auflaufenden Wellen in ständiger Bewegung gehalten werden, dabei verursachen sie ein Geräusch, das an starken Regen erinnert, ein leises Rauschen, Zischen und Poltern, welches in rhythmischen Abständen vom Klatschen der sich brechenden Wellen übertönt wird. Wenn man sich darauf einlässt, wirkt es außerordentlich beruhigend.

Unbemerkt beobachte ich Johns Gesicht, wie es sich entspannt und dann plötzlich ein Lächeln erscheint. Er atmet die See mit der salzigen Luft förmlich ein, wobei sie ihm weich, warm und zärtlich die Haut streichelt und er genießt es wie bei einer Geliebten. Seine Augen sind immer noch geschlossen. Wo mag er jetzt sein? Im feuchten schottischen Hochland oder bei Cary?

„It`s great“ höre ich ihn flüstern.

Da wird mir klar, er ist bei uns, hier am einsamen Strand von Silba.

Das ist nicht mehr der oft traurige Stauer vom Aberdeener Hafen, der den Verlust seiner großen Liebe nicht überwinden kann. Das hier ist ein kraftvoller Mann mit Freude am Leben. Ein paar tausend Meilen auf See und unsere Freundschaft haben das geschafft.

Von mir unbemerkt ist Erik durch die Brandung hinaus geschwommen. Mit kraftvollen Zügen, von ein paar Möwen aus der Luft misstrauisch beäugt, sehe ich ihn dort draußen schwimmen. Als er aus den Wellen steigt und vom zurück-flutenden Wasser umgerissen wird, müssen wir alle drei laut lachen. Heute Abend wollen wir trinken, singen und wenn die Frauen uns wollen, auch tanzen.

Auf dem Weg zurück über die Insel kommen wir am „Liebesturm" vorbei, vor hundertfünfzig Jahren von einem Kapitän für seine Liebste gebaut.

Heute Abend wollen wir nicht nur schauen, wir wollen die Mädels im Arm halten und tanzen, wie vor Monaten in Dublin mit der irischen Braut. Aber erst mal gut essen. Velimir hat uns einen Tisch reserviert.

Wir sitzen kaum fünf Minuten mit dem Blick auf unser Schiff in dem kleinen Hafen, da steht schon für Jeden von uns ein Liter Wein auf dem Tisch.

Wie immer seit wir uns kennen bietet Velimir etwas Besonders an. Nach der Vorspeisenplatte mit Hummerpastete und Salzsardinen serviert er uns eine große Krake, Im Tonofen mit Kartoffeln und Gemüse goldbraun gebraten.

Ich habe so etwas noch nie gegessen und bin begeistert, zartes weißes Fleisch, fast wie vom Huhn, mit dem bunten Geschmack von verschiedenem Gemüse und einem Schuss Wein.

Satt und in Hochstimmung sitzen wir noch eine ganze Weile. „Mama Silba" schaut noch auf eine emotionale Umarmung vorbei, leise Musik ist zu hören, aber keine Mädels zum Tanzen.

Also begnügen wir uns mit Rückblicken auf unsere gemeinsame Zeit. Irische See, Dublin, Portugal und Palos haben unvergessliche Eindrücke hinterlassen, ebenso Gibraltar, Alicudi und Syrakus. Auch die schwierigen Momente, als wir Erik aus dem Wasser fischten, die Besatzung der brennenden Yacht retteten oder meine Rettung durch Ärzte in Bari in letzter Minute haben uns als Crew zusammen geschweißt. Alles was wir in den letzten Tagen unserer Reise hier in der Adria erleben, ist eine willkommene Zugabe, eine süße Nachspeise, das wird uns hier beim Wein bewusst. Später, als der Abend endet, müssen wir unbedingt an der Bar vorbei. Dort stehen schon die Gläser aufgereiht und Velimir gießt ein, Grappa mit Fenchel, den Milos „Niederdrücker" nennt. Entspannt bummeln wir die wenigen Meter zurück zu unserem Schiff, das sich, als hätte es uns erwartet, satt im Schwell des Hafens wiegt.

An Bord erwartet uns noch ein Whisky der besten Sorte.

Slàinte.

Der zweite begleitet uns dann in die Koje.

Morgenkaffee und ein Croissant gibt es wie immer bei Velimir „vom Haus". Wir sitzen vor dem Restoran in der Sonne, wiedermal mit dem Gefühl des Abschieds von Freunden. Als unser Motor schon läuft, erscheint Velimir mit ein paar Flaschen „Malvasia", dem guten kroatischen Weißwein.

Wir sitzen noch lange schweigend im Cockpit, während die Insel Silba langsam am Horizont verschwindet, wir sind wieder auf See. Das ist die Freiheit die ich meine, denke ich immer, wenn ich die Leinen losmache und sich die Traurigkeit des Abschieds mit der Vorfreude mischt.

Noch vier Tage bis Triest.

Vor uns taucht die Insel Ilovic auf. Durch eine enge Passage nehmen wir Kurs auf die Insel Losinj. Im Gegensatz zu den Kornaten sind hier alle Inseln bewaldet. Man sagt, dass hier 300 Tage im Jahr die Sonne scheint.

Obwohl Mali Losinj ein sehr schöner und geschützter Hafen ist, segeln wir weiter. Nördlich im Kvarner Golf liegt die Insel Cres mit dem Haupthafen Cres.

Durch Zufall habe ich diesen Hafen gefunden und lieben gelernt. Ich wollte gegenüber in Rabac auf Istrien festmachen. Nach einem Gewittersturm legte ich dort an, doch so ein aufgeblasenes Arschloch von Hafenkapitän wollte mich an einen anderen Liegeplatz lotsen, der für unseren Tiefgang nicht ausreichte. Also segelte ich im Sturm über den Kvarner nach Cres und kam dort 23 Uhr im leeren Stadthafen an. Mit zwei geslippten Ankern legten wir uns an die Pier und gingen noch im Ölzeug eine Kneipe suchen.

In den engen Gassen brannte noch Licht in einer voll belegten Kellergaststätte. Es war die Konoba des Fischers Stephan Slavicek.

Über 100 Mal habe ich ihn seitdem besucht, immer mit unterschiedlichen Crews. Wir wurden gute Freunde. Hier bekamen wir einfaches gut zubereitetes Essen, frischen Fisch wie es frischer nicht geht. Selten bin ich in Kroatien gesegelt, ohne Stjepan zu besuchen.

Stjephan und Hans

Als ich wieder mal im westlichen Mittelmeer und rund Korsika segelte, rief er mich an und fragte: „Hans, wo bist Du? Warum kommst du nicht zu mir?"

Bei einigen Havarien hat er mir uneigennützig geholfen. Viele Abende in seiner Konoba werden mir unvergesslich bleiben. Nun sind wir auf dem Weg nach Cres und ich freue mich riesig darauf, ihn wieder zu sehen. Für gute Freunde hat er immer einen guten alten Slibowitz parat.

Als wir in die Bucht von Cres segeln, sind wir schon in Hochstimmung, es wird der vorletzte Hafen unserer Reise zu uns selbst, ein würdiger Hafen für diesen Anlass.

Unsere Leinen sind im Stadthafen fest und wir trinken das Anlegebier. Ich erzähle meinen Kameraden noch ein paar Anekdoten von vergangenen Abenden bei „Steff", wie ihn seine Freunde nennen. Und auch heute geht es bei ihm wieder hoch her. Leckerer Branzin, große Scampies, eine Käseplatte und der Schnaps bringen uns in Stimmung. Wie viele Male werde ich diesen Hafen noch anlaufen? Ist es das letzte Mal?

Jetzt nur nicht melancholisch werden, was im Leben wirklich zählt ist die Intensität, nicht die Dauer.

Erik ist der Einzige, der heute nicht fröhlich ist. Ist es wirklich nur das baldige Ende unseres Törns? Oder nicht doch auch die nicht gelösten Probleme. Dass er seinen Sturz über Bord gut verkraftet hat, freut uns. Eine neue Liebe und die Aussöhnung mit seinem Sohn würden diese Reise krönen. Darauf noch einen Slibowitz.

Mit genügend Alkohol im Blut mache ich den Anfang. Sie ist viel jünger, schlank, rothaarig und sitzt am Wein nippend am Tisch. Mit hungrigen Augen beobachtet sie unsere verrückten Späße. „Mach mit" fordere ich sie mit einer Geste auf. Und schon tanzen wir, ohne die Musik wirklich wahrzunehmen. Zögernd steht ein Mann vom runden Tisch rechts neben der Treppe auf.

Er schaut sich um und sucht sich eine Partnerin an den restlichen sechs Tischen. Es klappt und nun tanzen wir zu viert, alle anderen klatschen im Takt. Einer stimmt das Lied „my bonny is over the ocean" an und alle singen mit. Meine Tanzpartnerin wirbelt geschmeidig wie ein Blatt im Wind um mich herum. Ihre Augen funkeln und ihr Gesicht ist vom Eifer des Tanzes leicht gerötet. Als die Musik zu Ende ist, tanzen wir weiter ohne. Ihr Kuss schmeckt nach Himbeeren und Rotwein. Sie ist kaum zu stoppen.

Steff lacht hinter seiner Theke und schenkt nochmal ein.

Mit einem fröhlichen Winken flieht dann die Tänzerin in die dunklen Gassen ihres Heimatortes.

Wir singen und trinken weiter, bis uns Steff erklärt, dass er jetzt raus zum Fischen muss. Also ein letztes „Goodbye" und wir wanken durch die engen Gassen zum Hafen.

Morgen früh starten wir zur letzten Etappe unserer Reise.

Als wir die Leinen einholen, steht plötzlich Stjepan frisch geduscht mit weißem Hemd, mit einer Literflasche Grappa unterm Arm und zwei Kilo Käse in der Hand, vor unserem Schiff.

„Für euch und kommt mal wieder", ruft er uns zu.

Mit Händeschütteln und Winken fliegen die Leinen aufs Deck und der Motor schiebt uns in die Bucht von Cres.

Steff ruft mir noch nach: „Sei vorsichtig, Wetter wird nicht gut, Windstärken bis 10 von Nordost." Also Bora.

Kaum liegt das Hafenfeuer hinter uns, werden die Segel gesetzt. Wieder auf See.

Moderater Wind aus Südwest lässt mich Stjepans Warnung fast vergessen. Der Autopilot steuert die Südspitze von Istrien, den Leuchtturm Porer, an. Auch John und Erik sind beruhigt, in diesem Teil der Meere ist ihnen das Wetter fremd.

Ich habe es in den letzten 20 Jahren kennengelernt. Deshalb sollten wir Ölzeug und Rettungswesten anlegen, meine ich.

Ich klettere in den Salon um einen Blick in die Karte zu werfen. Ein Blick auf das Barometer ist dabei Routine. Ich zucke zusammen und glaube nicht, was ich da sehe. Das Barometer ist in kurzer Zeit um 12 Hektopascal abgestürzt. Und es fällt weiter. Steff hatte Recht mit seiner Warnung.

Also Ölzeug anziehen und Rettungswesten anlegen, bei jetzt abflauendem Wind, das sind die Vorboten. Nur kurz killen die Segel, dann kommt ein kalter Hauch aus Nordost, der schnell stärker wird.

„Schaffen wir es noch bis zum Kap Porer?" fragt John, der auch spürt, dass etwas im Busch ist.

„Nicht wenn es eine starke Bora wird, dann sollten wir uns irgendwo abducken", entgegne ich.

Noch jagen wir vor dem Wind nach Südwest, das Anemometer zeigt 24 Knoten Windgeschwindigkeit an, also Wind 6.

Erste Gischt reist von den Wellenkämmen und klatscht in unser Cockpit, eigentlich noch eine normale Bora.

Mein Blick geht nach Südwest, dorthin, wohin die Wellen ziehen. Mir läuft ein kalter Schauer über den Rücken. Eine tiefhängende schwarz-blaue Wolkenwand mit zuckenden Blitzen zieht in unsere Richtung. Vor dieser schaurigen Kulisse sehe ich drei Segelyachten, die den Sturm voll breitseits bekommen und ich meine sogar die aufheulenden Motoren im Seegang zu hören, obwohl das gar nicht möglich ist, da die Yachten in Lee von uns segeln.

Im Moment haben wir jedoch mit unserer Yacht zu tun. Erik spannt Strecktaue, damit keiner von uns über Bord geht, wenn es noch schlimmer kommt. Der abartigböse Windmesser zeigt jetzt 42 Knoten und das von achtern.

Wir reiten auf weißer Gischt.

Vorsichtshalber suche ich Funkverbindung mit dem Flughafen Pula. Das klappt auf Anhieb.

„Haltet euch vom Kap Porer fern, wir erwarten einen ausgewachsenen Orkan. Die Wellenhöhe am Kap beträgt jetzt schon fast 5 Meter" sagt die Stimme im Hörer.

Ein Orkan? Was tun?

Wer gibt es schon gerne zu, aber der Gedanke, irgendwann den Sturm aller Stürme zu erleben, natürlich unbeschadet, kitzelt wohl jeden Segler. Warum wohl übt Kap Hoorn auf Segler wie Nichtsegler eine so starke Faszination aus? Wer oft auf See ist, konnte kaum allen Stürmen aus dem Weg gehen.

Aber dieser hier scheint aus dem Rahmen zu fallen, das ist keine Bora mehr, das ist ein Scheiß-Kuhsturm-Orkan. John turnt auf dem Oberdeck rum und bindet das Beiboot fest und die Rettungsinsel los. Ich schaue zu den Yachten im Westen des Kvarner Golfes.

In diesem Augenblick sehe ich bei einer Yacht das Focksegel ausrauschen, wahrscheinlich ein verdammtes Rollreff und das Segel war nicht gut genug gesichert.

Die Yacht legt sich in einer anrollenden See kurz auf die Seite und bleibt dann so liegen. Wenig später steigen rote Leuchtkugeln auf.

Und wir können nicht helfen, die Wellenhöhe beträgt jetzt vier Meter. Hoffentlich steigt keine Welle über das Heck in unser Cockpit.

Hier gibt es keine Insel oder Bucht, in der wir uns abducken können. Das habe ich hier vor fast 20 Jahren schon mal nachts erlebt, aber nicht bei Orkan, damals höchstens Wind 10. Die von achtern durchlaufenden Wellen sahen aus wie meterhoher Schnee und die Augen der 8-köpfigen Crew hingen ängstlich an meinem Gesicht. Es war eine weiße Bora und der Vollmond schien unbeeindruckt am Himmel.

Es war so hell, dass ich auf die Idee kam, mir eine Zeitschrift zu holen und so zu tun, als ob ich lesen würde. Ich saß also im Cockpit und las in aller Ruhe, während die Yacht wie ein Rennpferd bockte. Wir schossen, obwohl nur die Sturmfock stand, mit Speed durch die See, dass uns Hören und Sehen verging. Und ich beobachtete, wie die Crew sich zurück lehnte und ruhiger wurde. Wenn der Skipper keine Zeichen von Panik ausstrahlt, kann es ja nicht so schlimm sein, dachten sie sicher. Trotzdem erinnere ich mich aber an ein starkes Gefühl großen Missbehagens.

Genau wie heute.

So ein Scheißwetter brauche ich nicht.

Inzwischen arbeiten wir uns mit ständigem Kreuzen gegen an. John hat in der Karte eine winzige Bucht entdeckt, fast wie ein Wunder, denn hier gibt es bei 60 Kilometer Uferlinie nur die bis in 80 Meter Tiefe steil abfallenden Felsen, geziert mit einigen Erinnerungstafeln für zerschellte Schiffe mit Angabe der Jahreszahl und der Anzahl der Toten, macht nicht gerade Mut.

Also drehen wir und segeln gegenan, vielleicht gibt es doch irgendwo ein kleines schnuckliches Versteck. John sitzt schon über der Karte und sucht.

Mit meinem Fernglas schaue ich zu dem Havaristen, eine kroatische Fähre und ein griechischer Frachter nehmen Kurs auf seine Position um zu helfen. Also konzentriere ich mich auf unser Schiff.

„ 62 und zunehmend" ruft Erik mir zu. Also 62 Knoten Wind.

Jetzt wird es ernst, wir sind mitten im Orkan.

Ich stehe am Ruder wie ein „Hanghuhn" und drohe beinahe abzurutschen. John bringt mir ein Handtuch um das Salz vom Gesicht und besonders aus den Augen zu wischen. Ich drehe den Bug fast 90 Grad zur Welle und falle dann sofort wieder ab, surfe die Rückseite der Welle hinab, wohl 5 Meter in die Tiefe. Mann strengt das an!

Und wieder kommt so eine Monsterwelle und ein Gedanke schießt mir durch den Kopf: „Hey, das ist ja wie im Kino – aber wo ist der Ausgang?"

So etwas wie Panik kommt nicht auf, aber wir sind uns bewusst, dass die See heute keine Fehler verzeiht. Die Frage, wie verhalte ich mich im Seegang und wie komme ich aus dem Schlamassel wieder raus? beschäftigt uns, obwohl wir alle drei schon einige Stürme hinter uns haben. Alles theoretische Wissen nützt uns hier nicht viel. Ich bin sicher, dass so ein Orkan in erster Linie durch instinktives Handeln bewältigt wird, natürlich gepaart mit Erfahrung.

Inzwischen hat sich das Salzwasser schon seinen Weg in mein Ölzeug gebahnt und die Hände sind blutig vom ständigen Drehen am Ruder mit nassen Handschuhen. Zum Glück spielt die Seekrankheit bei uns keine Rolle. Ein ganz wesentlicher Punkt ist die Frage, wie lange wird der Orkan noch dauern, hat er seinen Höhepunkt schon überschritten oder legt er weiter zu ?

Wir haben nur eine Sturmbeseglung gesetzt um so lange wie möglich aktiv zu segeln.

Sollte die Yacht mal nicht über eine Welle kommen und achteraus treiben oder den Bug in eine Welle stecken, droht jedoch Kenterung. Um das zu vermeiden, starte ich zur Sicherheit den Dieselmotor und mein Puls geht wieder runter.

Wir könnten auch Beiliegen. Dabei wird das Ruder in Lee festgemacht und sich selbst überlassen. Das Schiff driftet dann parallel zu den Wellen nach Lee. Das ist aber bei dieser Wellenhöhe und relativ kurzen Wellenlänge nicht möglich.

Also bliebe noch das Liegen vor Seeanker (Treibanker). Dabei wird der Bug in den Wind gedreht und bietet eher Schutz gegen die anlaufenden Wellen. Auch das ist nicht möglich, da wir keinen ausreichend großen Segeltuchsack haben, der als Treibanker dienen könnte.

Außerdem würden wir dann ja nach Westen treiben, hin zum gefährlichen Kap Porer. Gefährlich deshalb, weil die Wassertiefe in der Nähe des am Ende einer Barre stehenden Leuchtfeuers rasant von 80 auf 2 Meter fällt. Die Welle bäumt sich hier auf und es entsteht eine gefährliche Grundsee.

Was ist eigentlich aus dem Havaristen geworden? Ich sehe ihn zwischen den beiden Helfern mit starker Schlagseite treiben. (Später habe ich aus der Zeitschrift „Yacht" erfahren, dass eine Person beim Abbergen ums Leben gekommen ist.)
Inzwischen produziert dieser mordsmäßig kurze, steile Seegang himmelhohe Wogenkämme, so hoch, dass ich mich machtlos fühle. Mechanisch ziehe ich den Bug auf den anrollenden Wellenkamm, der türkiesgrün und durchscheinend wirkt. Gleich danach falle ich wieder ab, um am Wind mit Rauschefahrt auf dem Rücken der Welle hinunter zu surfen. In manchem Sturm habe ich schon gekämpft, die Zähne gezeigt mit dem Gefühl, der See ebenbürtig zu sein. In diesem Orkan ist das anders.
Fast ohnmächtig drehe ich wieder am Rad, Tränen der Wut vermischen sich mit der salzigen See.
Jetzt haben wir die Höhe, um vom Wind abzufallen und mit raumem Wind den Versuch zu wagen, die sauenge Durchfahrt in die kleine versteckte Bucht zu schaffen.
Mit achterlichem Wind und beachtlicher Strömung jagt das Schiff mit fast 14 Knoten auf die Enge zu. Unglaublich, mehr als 10 Knoten Speed habe ich selbst in der Biskaja nicht erlebt.
Die See rennt wütend gegen die steil aufragenden Felsen und steigt über 20 Meter an ihnen empor. Ein Donnern liegt in der Luft, so rasen wir in dieses Felsentor. Im letzten Augenblick entdecke ich neben dem Schiff eine große Anzahl von Bojen, Markierungen für Fischzuchtkästen, die die Einfahrt noch weiter verengen.

Jetzt heißt es das Ruder festhalten, die Fock zu fieren, dem Diesel zu vertrauen und dann durch, sonst gibt es eine weitere Tafel am Felsen mit drei Namen.

Hinter dieser Mausefalle hole ich tief Luft, drehe in den Wind und das Schiff richtet sich auf. Ich sehe kaum größere Wellen in dieser Felsenschlucht, der Wind scheint erkannt zu haben, dass er verloren hat, heult und reißt uns vor Wut an den Ohren. Zwei Ankerversuche schlagen fehl, der Wind ist zu stark und der Grund hält nicht.

Soll alles Wagnis umsonst gewesen sein?

Da entdeckt Erik ein offenes Betonkaree am Ufer und Stahlgerüste. Im Beton sind starke Poller verankert. Hier haben Schiffe angelegt?

Vor vielen Jahren habe ich mal mit einem Fischer in Novigrad gesprochen. Der erzählte mir von einem kleinen Nothafen am Kvarner Golf in dem im zweiten Weltkrieg deutsche U-Boote, die in Pula stationiert waren, angelegt haben um aufzutanken. Auf den Stahlgerüsten waren damals Tanks montiert.

Als unser Schiff festliegt, klatschen wir uns erleichtert ab. Das war wiedermal knapp. Wir duschen heiß an Bord und ziehen trockene Sachen an.

Meine offenen, blutenden Handflächen werden von Erik versorgt und John macht uns was zu essen. Immerhin das erste nach über 10 Stunden in diesem Inferno.

Das tut gut, der Körper entspannt sich und die Müdigkeit kommt in den Salon geschlichen.

Nochmal Kontrolle der doppelt gespannten Leinen, bis John schon zum Irishcoffee ruft.

Besanschot an! hieß dieser Brauch bei der alten Segelschifffahrt. Wenn alle Segel gesetzt waren, d.h. die Schot des Besansegel als letztes festgemacht war, also die Arbeit getan, rief der Bootsmann zum Empfang eines Glases Rum.

Heute brauchen wir keine Ankerwache. Tief und traumlos ist unser Schlaf.

Beim Aufwachen gegen Mittag ist immer noch das Donnern der Brecher am Felsen zu hören. Eine Nachfrage am Flughafen Pula ergibt eine aktuelle Windstärke 7 Bft, die Wellenhöhe beträgt noch 3,5 Meter. Erst mal frühstücken, die Ausfahrt wird auch noch mal gefährlich.
Als wir durch sind, an den Reusen und der donnernden Brandung vorbei, schreckt uns die See nicht mehr. Es weht zwar immer noch Gischt, aber wesentlich weniger. Wir segeln mit Sturmfock und Trysegel und runden den Leuchtturm Porer mit dem Wind und in gebührendem Abstand.

Abschied

egen Abend haben wir die Kathedrale von Rovinj schon an Steuerbord. Es geht jetzt mit Halbwind fast im Windschatten von Istrien mit gut 7 Knoten Fahrt nach Norden. Da wir jetzt keinen Hafen mehr anlaufen wollen, sollten wir morgen früh Triest erreichen können.

Langsam wird es dunkel und still, ich kontrolliere die Lichterführung und setze mich dann beruhigt ins Cockpit.

Meine beiden Freunde sitzen in sich gekehrt auf der Bank am Heck, die ich in fröhlichen Tagen „Lügenbank" genannt habe, weil hier viel Spaß getrieben und viel Unsinn erzählt wurde. Heute sind wir alle wortkarg.

Ist es schon die Abschiedsstimmung, die uns schweigen lässt, diese schon zu spürende Traurigkeit, die uns nachdenklich stimmt? Es wird nie wieder so werden, wie wir es erlebt haben, das tut weh. Abschied nehmen heißt sich trennen, einen Teil von dem, was wir auf diesem Törn geworden sind, d.h. von uns selbst, aufzugeben, dem Wind überlassen, den Fluten, dem Wasser, das Sterben lernen, jede Stunde ein wenig für das Neue, das folgt.

Die Traurigkeit, die wir beim Abschied verspüren, ist der Preis den wir bezahlen müssen für die glückhaften Stunden auf See, in denen wir beisammen waren, dessen sind wir uns bewusst.

Erik spricht es als erster aus : „Werden wir uns wieder sehen?"

Sieh da, der Norweger, denke ich.

„Why not?" kommt es von John.

„Einmal im Jahr im irischen Waterford" schlage ich vor.

Und schon schleicht sich die Traurigkeit achteraus.

Die Nacht ist freundlich zu uns und die See moderat, als wollte sie sich für die gestrige Demonstration ihrer Stärke entschuldigen.

Doch wir wissen, sie kennt keine Gefühle, weder Wut noch Hass oder Berechnung, auch kein Bedauern. Sie ist auch nicht hinterhältig, sondern stark, kalt und endlos.
Der Wind weht jetzt mäßig und wieder angemessen warm.
An Steuerbord wölbt sich eine sanfte Lichtglocke über Novigrad.
Für uns sind es die letzten Stunden auf See, in so einer Nacht kann man unmöglich schlafen.

Woher kommt dieses leise Rufen? Aus der Pantry? Oder bilden wir uns das nur ein? Ich sehe die Blicke von John und Erik, sie denken das gleiche wie ich: „Was wird aus der Flasche mit dem guten alten irischen „Bushmills" im Schrank?"
Erik ist schon unterwegs und kehrt mit den Gläsern und dem Whisky zurück. Er ahnt noch nichts von der geplanten Überraschung, doch ich hoffe, er wird Marc in die Arme nehmen und glücklich sein.
Angenehm rollt dieser torfige irische Whisky durch die Kehlen und wärmt unsere Seelen in dieser kühlen Nacht. Auf John und Erik kann ich mich verlassen, das ist eine Kameradschaft für immer, auch wenn wir uns selten oder gar nicht mehr sehen sollten.

Mit der aufgehenden Sonne des beginnenden Tages segeln wir in die Bucht von Triest. Der Industriehafen, der größte Italiens, ist monströs. Auf Reede liegen etliche Frachter und im Hafen zwei gewaltige Kreuzfahrtschiffe, nein da müssen wir nicht rein. Es gibt in der Bucht von Triest fünf Marinas. Zwei sind vollständig mit Dauerliegern belegt und Marina San Rocco bei Muccia ist bei unserem Tiefgang zu flach. So entscheide ich mich für die Marina San Giusto, nicht nur wegen der zentralen Lage. Sie liegt zwischen den Docks des alten Hafens der Stadt, seit mehr als 200 Jahren nautischer Mittelpunkt der oberen Adria.

Sie war auch die maritime Hauptstadt der ehemaligen Österreich-Uungarischen Monarchie.

Am Nachmittag stehen wir vor der Hafeneinfahrt und wenig später am zugewiesenen Liegeplatz. In der Nähe befindet sich die „Piazza dell`Unita", der Platz, der die Stadt repräsentiert, von hier hat man einen wunderbaren Ausblick auf die Häfen und die Adria. Dieser historische Hafen hier bietet mehr als 200 Yachten Platz, auch uns.

Der alte Leuchtturm zeigt den Weg und die Marinieros helfen beim Anlegen, wir sind am Ziel, wie eine helle Glocke liegt das Licht der Stadt über dem Hafen.
Eine Weile sitzen wir noch im Cockpit der Yacht und machen Pläne für den morgigen letzten Tag an Bord. Noch einmal bummeln gehen und am Abend ein paar Drinks in einem guten Lokal. Ich plane einen heimlichen Abstecher in den Industriehafen um das Schiff von Marc zu finden.

Was werde ich ihm sagen?

Bei dem Gedanken, er könnte meinen Vorschlag seinen Vater zu treffen ablehnen, geht mein Puls schneller.

Die Möglichkeit, dass er ihn nicht treffen will, habe ich gar nicht einkalkuliert, das kann eventuell viel Überzeugungsarbeit kosten.

Schaffe ich das?

Dass Erik sich wieder mit seinem Sohn aussöhnen möchte, habe ich dagegen in diesen Wochen auf See gespürt. Also werde ich mein Bestes geben, dass es klappt. Mit diesem Gedanken gehe ich in die Koje, ehe der Glockenschlag den Tag verabschiedet.

Und mit diesem Gedanken wache ich am nächsten Morgen auf. Finale.

John wuselt schon wieder durch den Salon, es ist 10 Uhr, mitten am Tag. Und was für ein Tag, sonnig und trocken, wie für einen Stadtbummel gemacht. „Steh auf, wir wollen Frühstücken gehen" ruft John. Er war schon unterwegs und hat im Hafen eine hübsche Lounge Bar entdeckt. Wir setzen uns auf die Panorama-Terrasse , blicken über den Hafen und genießen diesen Morgen.

Nach dem Frühstück beginnen wir den Stadtbummel und bereuen den Entschluss gleich wieder. Chaotischer Verkehr verdirbt uns die Freude auf einen entspannten Tag. Hier fährt man unter ständigem Hupen, auch wenn die Ampel rot zeigt. Schließlich springen wir auf der Fahrbahn zwischen den Fahrzeugen hindurch. Unser erstes Ziel ist natürlich dieser riesige Platz, die „Piazza del´Unita Italia". Wir sind schwer beeindruckt, gehen aber nach ein paar Fotos weiter.

Da, eine private Stadtrundfahrt wird uns angeboten, das ist doch genau das Richtige für uns.

Die langsame Tour im offenen Wagen geht zur „Cattedrale di San Guisto Martire" und darauf zum „Teatro Verdi". Wunderschöne alte Villen und Paläste rechts und links.

Cathedrale die San Guisto Martire

Als wir einen Kanal überqueren springt Erik urplötzlich mit einem lauten Schrei aus dem fahrenden Wagen auf den Gehweg.

Was ist passiert?

Entgeistert sehen wir nach hinten, wo Erik am Straßenrand einen jungen Mann umarmt. Erst langsam wird uns bewusst, was hier passiert, der Zufall hat wieder mal zugeschlagen.

Wir bitten den Fahrer anzuhalten, entlohnen ihn und laufen dann die hundert Meter zurück.

Erik nimmt uns gar nicht wahr, er der sonst nur das Notwendigste spricht, redet unaufhörlich auf einen weinenden jungen Mann ein.

Das muss Marc sein, schießt es mir durch den Kopf.

All meine Bedenken und Planungen sind überflüssig, das Schicksal hat es anders gewollt. Eric hat seinen Sohn wieder gefunden, auch ohne mein Zutun. Die Beiden haben jetzt viel zu reden, also bummle ich mit John weiter, eine würdige Kneipe für den heutigen Abend muss gefunden werden.

In der Via Luigi Cadoma 23 werden wir fündig. Abseits der Touristenströme liegt die „Trattoria Nerodiseppia". Für uns genau das Richtige, kein Chichi, eine gute Karte, eine heimelige Kneipe.

Wenn das Essen auch so gut ist wie der erste Eindruck, dann haben wir einen Volltreffer gelandet. Ohne Reservierung geht hier gar nichts, wir haben aber Glück und buchen 4 Plätze in der Hoffnung Marc ist mit dabei. Die Dame am Tresen mit nussbrauner Haut, dunklen Augen und schwarzem Haar fragt nach dem Schiffsnamen für die Reservierung.

John sagt "Cary und wie heißt Du?"

„Joaquina" sagt sie charmantfreundlich lächelnd und ich konnte förmlich spüren, wie John zusammenzuckt und große Augen bekommt.

Er sprach doch damals in Schottland oder Irland von einer flüchtigen Liebe während seiner Fahrenszeit, die diesen Namen trug.

Nein, Joaquina ist nicht die alte Liebe, aber vielleicht eine neue? Ich fürchte, der Abend wird lang.

Doch noch ist Zeit, langsam bummeln wir zurück zum Schiff. Beim Gang durch die Marina sehen wir erst mal, wie viele Yachten hier liegen, auch ein paar von fast 100 Meter Länge.

An Bord macht John zwei Kaffee, wohl zum letzten Mal.

Dann kommt die erwartete Frage.

„Hast du diese Frau gesehen?" will er wissen.

„Natürlich, ich bin ja ein Mann und nicht blind" antworte ich.

Nun bin ich sicher, wir haben alle drei unser Ziel erreicht. John wird eine neue Liebe finden und er wird auch weiter segeln, da bin ich mir sicher. „Cary" muss ja auch zurück nach Aberdeen.

Als wir dabei sein durften und die Umarmung von Marc und Erik erlebten, fühlten wir instinktiv wie wichtig eine Vater-Sohn-Beziehung ist. Und auch Erik wird eine neue Liebe finden und seine gesunkene Yacht ist ersetzbar.

Als wir dann zu viert in der Trattoria sitzen, der Fisch und die Muscheln phantastisch zubereitet sind, der Wein Extraklasse ist und die Welt rosarot scheint, sprechen wir ein letztes Mal über unsere Reise.
Nur nicht sentimental werden. John und Erik fehlen mir jetzt schon, obwohl sie keine Armlänge entfernt von mir sitzen. Bei der letzten Umarmung sind ein paar Tränen erlaubt.

Noch am Abend an Bord packe ich meine Sachen in den Seesack, damit der Abschied morgen früh schmerzloser und schneller geht. Ich trinke noch zwei, drei Gläser Whisky und träume mich dann sacht davon, begleitet von „meinem" Albatros.

Bis später, irgendwo in dieser oder jener Welt, nur ein paar „steps to heaven" oder „ to hell", wie SJ McArdle singt.

„Stormy Waters"

Kuriose und ernste Geschichten aus dem Logbuch

Ein Episodenbuch über die Erlebnisse auf fast 40.000 Seemeilen des Autors und lustige Begebenheiten als Prüfer für Sportbootführerscheine.

Erschienen im Dezember 2015.

Wir segeln dem Teufel den Schwanz ab

Ein spannender Skipper-Roman

Erschienen im April 2016

Ein seltsamer Anruf erreicht den Skipper Hans. Die junge französische Professorin für Geschichte des Altertums an der Uni Aix-Marseille, Afrah, möchte drei Wochen in der Adria auf den Spuren ihrer marokkanischen Vorfahren segeln. Stürmische Überfahrten, romantische Nächte auf See und in den Häfen wechseln sich ab. Durch seine Liebe zum Segeln schliddert er in gefährliche Situationen, bis er sich und seine Crew in der Rettungsinsel wiederfindet.

Manchmal träum ich schlesisch.....

Erschienen 2017

Im bitterkalten Januar 1945 führte der Großvater des Autors einen Treck von 37 Familien auf der Flucht vor der Kriegsfront aus seinem Dorf in Schlesien auf Nebenstraßen nach Tschechien. Sein Tagebuch fanden seine Enkel und Urenkel. Sie haben sich nach 72 Jahren auf die Spurensuche in die alte Heimat begeben und sind dem Fluchtweg gefolgt. Unterwegs erlebten sie einige Überraschungen, die ihnen das Begreifen der Fluchtereignisse und die Umstände ihrer Geburt erhellt haben.

Die irische Braut

Erschienen 2017

Zwölf Logbuch-Geschichten aus 50 Jahren Seglerleben, mit Witz, etwas Ironie und viel Spaß erzählt von einem, der alles selbst erlebt hat.